d

Urs Widmer

Indianersommer

Diogenes

für Peter Zwetkoff

40/85/8/1
ISBN 3 257 01686 7

Ich kannte einen Maler, der malte und malte, und malte, bis er die Menschen nicht mehr gern hatte und aufhörte zu malen. Dabei waren noch so viele Bilder in ihm. Aber für wen. Er (der ein Leben in Demut geführt hatte) begann Kunstkritiker anzuschreien und baute eine Selbstschußanlage vor seine Zimmertür. Sofort am ersten Abend (er war in die Kneipe gegangen und hatte einen Wein getrunken) stolperte er in den Kugelhagel. Starb. – Schon zuvor war er wunderlich geworden. Die Ränder der Leinwände kümmerten ihn nicht mehr, er malte in die Luft; malte Luft. Wer sich durch wirkliche Türen und gemalte Wände zu ihm hindurchgearbeitet hatte, mußte seine hingehauchten Plakatfarben atmen. Blau, rosa. Nach einer Schrecksekunde merkte man, es ging. – Im letzten Winter war seine sehnsüchtige Wut so groß geworden, daß er mitten ins matschige Kalt hinein Savannengras malte, glühende Luft und jenes klare Abendlicht, das nur die Indianer in ihren späten Sommern kennen. Oft ging er nackt darin, mit Federn auf dem Kopf, und einem

Kalumet. Er rauchte viel für den Frieden und hustete noch mehr. Natürlich erfror er an Haupt und Gliedern und mußte aufgetaut werden. Dieses Licht, sagte er, schau doch dieses Licht, das gibt es nur bei uns in Massachusetts, auch wenn inzwischen korrupte Iren in unsern Stammlanden wohnen. Die Kiefern! Als ich hinging und ihre rissigen Stämme streicheln wollte, kriegte ich rote Hände von der noch nicht trockenen Farbe. – Ich begleitete ihn oft. Wir hüpften nackt mit Tomahawks durch den Wald, wo die Spaziergänger davonstoben. Rauchten auch zusammen, und an einem glücklichklaren Abend fing alles Wirkliche Feuer, verbrannte, und nur der gemalte Teil der Welt blieb. Von da an schlief er in einem hastig hinaquarellierten Bett. Malte sich, wenn er Hunger hatte, ein Wurstbrot; trank selbstgepinselten Wein. – Später wollte ich eins seiner Bilder kaufen (seine Tochter hatte sie geerbt, obwohl sie sich für ihren Vater schämte) und ging in sein Zimmer ohne an die Selbstschüsse zu denken. Hätte ich nicht, weil ich die Schöpfung lesen wollte, eine Bibel in der Brusttasche getragen, ich wäre tot gewesen.

Kurz vor seinem Abschied hatte der Maler mir diese Geschichte erzählt: ein Mann und eine Frau fuhren in den Süden, und als der Mann starb, legte ihn die

Frau bis zum Ferienende in eine Tiefkühltruhe. Sie kostete jede Sekunde aus am Strand; und einen Prozeß führte sie dann, weil der Mann sieben Mahlzeiten nicht gegessen hatte. Das Hotel machte eine Wertminderung der Tiefkühltruhe geltend, und es kam zu einem Vergleich; man verglich die Mahlzeiten mit dem Mann und einigte sich auf unentschieden. – So ging das damals. –Zu Sigmund Freuds Zeiten waren Leute wie Sigmund Freud in die Sommerfrische gefahren. Sanfte Hügel, Sonne; Pferde, Fliegen, Staub, Kornblumen, und in grünen heißen Gärten tarockten Tenöre mit Bauern mit Gamsbarthüten. Als Freud zum ersten Mal seine Grenzen überschritt und bis zur Akropolis fuhr, stürzte diese ein. Der Grund war, daß entweder Freud oder die Akropolis sich ein Leben lang gewünscht hatten, einander zu sehen, wie ihre Väter schon. – Den Vater übertreffen. – Freud nannte seinen Körper Konrad. Wahrscheinlich dachte er dabei an jenen Vers, wo die Mama sagt, ich geh weg, und du bleibst da. Er blieb mit seinem Konrad.

Ich hatte mir in meinem Leben verschiedene Ziele gesetzt. Eins davon war, älter als Schubert zu werden. Ich schaffte es fast spielend. Später waren die Ziele schwerer zu erreichen. Meinem Vater näherte ich mich mit Riesenschritten. Hinter ihm waren dann nur noch weiße Greise. – In den Urzeiten hatte sich die Erde linksherum gedreht, und so waren die Jahre schneller vergangen, glücklicher. – Immer hatte ich den Schatten geliebt. – Warum weinte ich nie, wenn ich Beethoven hörte? – An einem Abend (in den Straßen eine Luft wie Schwefelschleim) ging ich in eine Kneipe, und ein faltiger bärtiger Mann setzte sich neben mich, und es zeigte sich, daß er ein Professor für Musik war. Als ich ihm mein Problem andeutete, erklärte er es mir. – Auf dem Heimweg weinte ich.

Zu der Zeit auch, in derselben Kneipe, hielt mir jemand meinen zwanghaften Optimismus vor, und ich vergaß, ihm zu antworten, daß jeder, der lebte, zwanghaft optimistisch war; sonst hätte ihn die Erkenntnis zerfetzt. Ich saß aber nur da und trank. – Die Kraft zu haben, rechtzeitig zu sterben. – Ein stolzer Hundertjähriger zu sein, das war schön in jenen russischen Steppen, wo nur stolze Hundertjährige lebten. Sie saßen unter noch älteren Weiden und berichteten vom Zaren. Zahnloses Gelächter. – Dann starben alle an einem Tag, und der Staat setzte ein neues Schock Achtzigjährige aus, die das Planziel erfüllen mußten. – In Seneca City, New York, USA, starb damals niemand an Krebs, kein Mensch. Die Bürger dieser schönen Waldgemeinde waren so stolz auf ihre gute Quote, daß sie, wenn doch einmal jemand Krebs kriegte bei ihnen, diesen nachts über die Gemeindegrenzen abschoben. An jedem Wochenende fuhren unzählige Großstädter nach Seneca City und atmeten die würzige Luft. Man konnte sie sehen, wie sie gingen (in Pelze gemummt, mit Sonnenbrillen) und atmeten, nur atmeten und atmeten, als sei diese Luft das Wunder, das sie retten könnte. – Dem, der mir Vorwürfe machte, hätte ich noch sagen wollen, wer habe denn all das geschrieben, was er so möge, wenn nicht die Schlaflosen. – Im Schlaf dichteten damals nur die Götter, die meinten, die Schöpfung geträumt zu haben.

Ich wußte so vieles nicht, auch nicht, was besser war: müde oder wach. Wenn ich erschöpft war, wußte ich oft Klareres. Wach wollte ich nur vorwärtsleben; gesund und dumm war dann das gleiche. Aber ich kannte auch einen, der immer müde war, und alles blieb völlig unklar in ihm drin bis er implodierte. Ich fand ihn tot im Bad. – Dennoch waren oft die Besinnungslosen klüger als Besonnene. Physiker tranken, und am nächsten Morgen rann die erlösende Formel aus ihnen heraus. – In einer Nacht einmal lag ich bis fünf wach. Ich las mit wehen Augen Proust, der von einer Frau schrieb, die ihn nicht erhörte, und deshalb lag er schlaflos und las in einem Buch, das ihn auch nicht einschläferte. Klar, mir fehlte auch eine Frau. Hätte eine neben mir gelegen, auf der Stelle wäre ich eingeschlafen. – Erschwerend kam dazu, daß Proust im wirklichen Leben an Männer gedacht hatte. – Es war alles schon recht kompliziert. – Zum Beispiel aß jener Müde jede Menge Aufputschmittel, die er dann mit ungezählten Valium dämpfte. Auch rauchte er so viele Zigaretten, daß, als er eines Tages die Marke wechselte, seine bisherige Konkurs machte. Die neue konnte ihr plötzliches Glück nicht fassen. Monatelang analysierten die Fachleute ihren unerwarteten Erfolg. Als sie die Lösung zu haben schienen, wechselte mein Freund erneut die Marke. – Ja, das Glück. – Ihr Kinder, schaut über euch. Seht ihr die Adler? – Die Adler sind hier *liebe* Adler und kreisen in einem blauen Himmel.

Dann kam die Zeit, in der wir Väter mehr und mehr zu Müttern wurden. Unsre Stimmen wurden heller, und im Schwimmbad entblößten wir ohne Scham unsre Brust vor den andern Frauen, die vor uns auch keine Scheu zeigten. Wir wurden Dahlien oder Geranien. – Austern, zu meiner Zeit, waren abwechslungsweise Mann und Frau. Ich hatte sie dutzendweis geschlürft, gedankenlos, aber vielleicht war es wichtig, ob man einen Mann verschlang oder eine Frau. *Ich* sah den Unterschied nicht, die Auster schon. – Damals dachte ich an Tintenfische wie an Retter in der Not. Lieber schrieb ich allerdings mit Filzstiften, mit ganz schmalen harten schwarzen. – So etwas wie meine Schreibmaschine, ein kräftiges mechanisches Ungetüm, wurde längst nicht mehr hergestellt. Es gab nur noch Spielzeuge für solche, die einmal im Jahr ihr Tagebuch abtippten, oder dann Schreibcomputer, mit denen ich meine Verse direkt meinem Verleger einspeichern konnte. Selbst jene summenden IBMs, die ich immer abgelehnt hatte (ich war Maschinenstürmer; und ich wollte nicht nur da schreiben können, wo Steckdosen waren) waren reif für den Flohmarkt. – Wie zitterte ich, mein Liebes, du könntest verrecken. – Zurück zu den Austern. Einmal hatte ich mich in Paris vor das Café de la Paix gesetzt und ein Dutzend bestellt (ich war mit einer Dame). Der Kellner verbeugte sich höflich und ging über die Straße und kaufte sie an einem Stand auf dem gegenüberliegenden Trottoir und kam zurück und stellte sie auf unsern Tisch. Drüben hatten sie sechs Francs gekostet, nun achtzig. – Meine Dame war hingerissen, und ich von meiner Dame. Es war ein schöner Abend. Wir verschlangen uns am Seineufer und rochen nach Meer. Um uns noch viele andere Röchelnde. Es war in jenen Zeiten, als die Menschen noch glücklich sein wollten. – Und nun noch ein Wort zur Trunksucht.

Ziemlich lange nämlich war ich erschrocken darüber gewesen, daß die Mächtigen der Erde tranken, schnupften und Tabletten aßen. Ich dachte, in ihrem Dusel machen die gewiß einmal einen Blödsinn, den zu bereuen sie am nächsten Morgen keine Gelegenheit haben, weil es keinen nächsten Morgen gibt. Aber konnte es nicht sein, daß gerade die nüchterne Menschheit immer todessehnsüchtiger wurde, während die mit dem Daumen am Drücker von Party zu Party taumelten und uns das Ende verweigerten, weil sie sich so wohl fühlten? – Manchmal träumte ich von meiner Kinderzeit wie in Gold getaucht. Licht. Immer hatten mir meine Eltern erzählt, als ich auf die Welt gekommen sei, hätte ich einen Kopf wie eine Quitte gehabt. Tatsächlich saß ich auf einem Foto in einem Quittenbaum, und mein Schädel war in der Blätternatur nicht zu sehen. – Heut, hier, mag ich immer noch den Quittenschnaps. Und den Trester, den Zwetschgen, den Kräuter, den Marillen, den Birnen, den Zuckerrohr. – Und andere. – Lange dachte ich, aufpassen!, das ist deine Sucht. Wenn nur. – Der Maler, mein Freund, mußte gleich am Morgen ein paar Pinselstriche tun, um das Zittern in seinem Körper zu überlisten. Dann war er fast wie ein Normaler und konnte Kaffee trinken ohne ihn zu verschütten.

Ich brauchte lange, mich von meinen Verletzungen zu erholen; ich meine die, als ich das Zimmer meines toten Freunds betreten wollte. Die Tochter hatte mich dabei begleitet, unwirsch und schlecht gelaunt, und die meisten Kugeln abbekommen. Sie lag vor mir auf dem Linolboden des Treppenhauses (Blut) und staunte starr zum letzten Bild ihres Vaters hinüber. Sie war kinderlos, also gab es keine Erben. – Ich nistete mich in dem Zimmer ein und fummelte so lange an der Selbstschußanlage herum, daß ich schließlich nicht mehr wußte, war sie geladen oder nicht. Lag im aquarellierten Bett, das ich mit etwas Ocker und gebranntem Siena verlängert hatte, weil der Maler ein Gnom gewesen war. – Rannte in den Kiefernwäldern von Massachusetts um mein Leben, wenn mich Grizzlys verfolgten. – Einmal fiel vor der Tür ein einziger Schuß; ich traute mich nicht zu öffnen und zu schauen; wenn es kein Bilderdieb gewesen wäre? eine Frau, ein Kind? – Das Bild, das ich hatte kaufen wollen, nahm mich ganz gefangen. Es stand gegen das Fußende des Betts gelehnt und zeigte Indianer in einem wasserglitzernden Land, im Hintergrund ein auf Land gelaufenes Schiff. Frühling. Die Indianer tanzten, Männer mit wehenden Haaren, Frauen, nackt, mit Kindern im Arm. Das Bild war in einem kitschigen Stil gemalt und zog mich an wie nie etwas sonst. Ich rückte ihm immer näher (einmal noch ein Schuß, fern nun), meine Haut färbte sich rot (der Widerschein der Sonne auf der Leinwand), ich fühlte mich gefiedert. Hielt mich noch eine Weile aufrecht und stürzte dann aufstöhnend willenlos ins herrliche Bild. Tanzte besinnungslos mit den Indianern. Nun, da ich ihnen nahe war, konnte ich auch ihre Gesichter besser erkennen. Gleich der erste, gegen den ich taumelte, war der Maler. Er hatte sich selber ins Bild gemalt und uns seine Hülle überlassen. Um ihn herum Frauen. Ihr Lieben! – Einmal versuchte ich noch, aus dem Bild hinauszusehen in die vergangene Welt und sah weit hinten einen schwarzen Himmel. Er verschwand mehr und mehr hinter näheren Wolken, die sich rosa davor schoben. – Hier in dieser seltsamen Welt *sang* der Maler, wie eine Krähe übrigens, aber alle hörten ihm gern zu. – Meine Frau und mein Kind waren auch längst Indianer; merkwürdig. – Die Sonne: ein so helles Glänzen hatte ich zum letzten Mal gesehen, als ich im Grünkohl meiner Heimat zum ersten Mal die Augen aufschlug. Gleich danach mußte sie nach hierher gegangen sein; und wir hatten alle verzweifelnd das Bild, an das wir uns erinnerten, in den leeren Himmel projiziert. – Mir war allerdings in den letzten Jahren manches etwas leer vorgekommen. – Hier im Frühling der Indianer war ich zuerst ein bißchen eifersüchtig, gekränkt, als ich merkte, daß ich überhaupt nicht der einzige war, den mein Freund in seine Schöpfung gelockt hatte (ich war der letzte); aber dann barst das mit Trauer angefüllte Faß in mir und rann durch meine Augen aus. Jetzt, im Tod, wußte ich, was Leben ist.

Bevor ich auch in die Jagdgründe kam (mir hatte keiner gesagt, wie herrlich es da war; heiß), wohnte ich in einem rußschwarzen Haus in einer jener Großstädte, in denen es nie Tag wurde. Mit mir der Maler und fünf andere, die ebenfalls malten. Nie hatte einer eine Ahnung, welche Jahreszeit herrschte; und die Reisebüros, das Farbigste jener Welt, sprachen im Sommer vom Winter und umgekehrt. Jeden Tag wurde in den Zeitungen das Szenario des Endes beschworen. Lassen wir das. Wir wußten jedenfalls alle nicht mehr, sollten wir unsern Kindern das ABC verheimlichen oder besonders genau beibringen. Wir wußten überhaupt nichts mehr. Statt dessen malten wir, das heißt, die andern. Ich schrieb. Die andern waren: Beder, der Peter hieß, aber vom Leben so weichgeklopft war, daß er seinen Namen stets wie um Gnade bittend aussprach. Baul, der sich aus Solidarität mit Beders Schwäche so nannte. Der dritte: Emil. Vier und fünf waren Frauen, Cia und Dora. Und mein Freund. – Während die andern schon in ein paar Galerien ausgestellt hatten, waren er und ich namenlos. Ich, weil ich noch nicht weit gekommen war, er, weil er nie etwas herzeigte. Er war eine Generation älter als ich und hielt sich für gescheitert *und* gut. Er hatte schwarze Zähne und trank an den Abenden Retsina in einem griechischen Lokal, dessen Wirt Kommunist war und jede Nacht – sagen wir, jede zweite – die Einnahmen des Tages verzockte. Alle Geldgierigen der Stadt fanden sich nach und nach in seinem Hinterzimmer ein. Sein Traum war, die Spielbank von Bad Homburg zu sprengen und ein völlig gerechtes Roulette einzurichten, das er dann allerdings nie mehr besucht hätte. – Der Maler stand jeden Morgen um fünf auf. Während er die Farbe in kleinsten Mengen auf die Leinwand brachte, hörte er aus einem kleinen Transistorradio Nachrichten, eine Gewohnheit, die ihm aus dem Krieg geblieben war, wo er in den bayrischen Bergen sein Leben riskiert hatte. – Er erkannte Nazis bevor ein anderer auch nur den leisesten Argwohn hatte. – Ich erinnere mich, daß er, ein Häßlicher, um zehn Jahre jünger aussah, wenn er mit einer Frau war; fast schön.

Wir bewohnten zusammen das rußige Haus, das eng wie ein Schlot war; in seinem Erdgeschoß ein Laden, der *alles* verkaufte und dieses Alles, da auch er mit der Schlotbreite auskommen mußte, aufeinandergeschichtet und hintereinandergestapelt bereit hielt. Zuweilen wollte ein Kunde etwas von hinten unten, und dann wuchsen die Waren zur Tür hinaus bis auf die Straße. – Der jammernde Händler, wie schlecht doch die Welt sei; und um seine Mordgedanken dem Kunden gegenüber wieder gut zu machen, gab er ihm seine ganze Gewinnspanne als Rabatt. – Im ersten Stock Beder und Baul. Beder weich, Baul hart. – Im zweiten Cia und Dora, die wie Pech und Schwefel aneinanderklebten. Cia wollte Vermeer übertreffen, Dora Raoul Dufy; beide waren noch unterwegs. – Im dritten Stock ich. Ich verteidigte den zweiten leeren Raum (und eine Art Sitzbad) mit einer zähen Verzweiflung, weil ich mich nach einer Frau sehnte, nach einem Kind, das sich, wenn es groß wäre, zuweilen an seinen Papa erinnerte. – Ich dann ein schrulliger Herr, irgendwo im Süden verschollen. – Emil drängte sich in einen kleinen Raum im vierten Stock, und der Maler hauste im andern; damals ohne Selbstschüsse. Diese

Räume waren kleiner als die unten, wahrscheinlich verjüngte sich der Schlot gegen oben hin. Allerdings hatten wir das Dachgeschoß als Atelier ausgebaut, und in diesem fanden wir alle Platz. Wir hatten die Ziegel herausgerissen und durch Glas ersetzt. Da hockte jeder an seinem Platz, den er sich wie selbstverständlich erobert hatte. Es gab keine Gerechtigkeit. Dora brauchte viel mehr Platz als Beder; am meisten allerdings Emil; wahrscheinlich kompensierte er sein Wohnungglück. – Mein Schreibmaschinenlärm hielt mir die Ellbogen frei. – Lange malten die andern Akt, und ich beschrieb ihn. Zuerst waren es Frauen, die uns Baul zuführte, Studentinnen zumeist. Aber da er das Berufliche immer mit dem Privaten vermischte, war er stets mit seiner Liebe schneller fertig als wir mit unsern Bildern oder Beschreibungen. Oft saß ich vor einem Fragment und rätselte einer Hinterbacke hinterdrein. – Also standen wir dann reihum für einander Modell, jeder so wie er das konnte. Cia und der Maler zum Beispiel waren ungeeignet. Cia, weil sie keinen Augenblick ruhig bleiben konnte; der Maler, weil er so abwesend dahockte, daß wir alle von Todeslähmung befallen wurden. Den Malern vertrocknete die Farbe auf dem Pinsel; ich vergaß den Anfang meines Satzes vor seinem Ende. – Cia war hübsch, gerade auch nackt, und behauptete, ihren

Namen vom amerikanischen Geheimdienst zu haben. An ihr war aber nichts Geheimes. – Sie hatte lange Zeit eine Leidenschaft mit einem Berufsspieler, der aber nicht der griechische Wirt war. – Davon später. – Ich hatte das Beschreiben von Muskelsträngen nach einer Weile satt.

Saß dann im Laden im Erdgeschoß und beschrieb Regale mit Badeschäumen, Rasiercremen, Bürsten. Hinter der Kasse der Händler, ein netter Mann, der in andern Zeiten in einem zum Bersten komischen Film einen Händler hätte spielen können. So aber saß er nur da und zählte sein Geld. Aufleben tat er beim Fotografieren (er verkaufte auch Kameras und Filme), da war die Wirklichkeit blaustichig (Agfa) oder rot (Kodak), und zuweilen ging sie ganz kaputt, wenn ein gnädiges Licht den Film überschwemmt hatte. Dann kriegte er ganz leuchtende Augen, auch wenn er dem Kunden dann korrekt den Fehler erklärte und sein Unglück bedauerte. Sogar zuweilen den Film ersetzte. – Mein Schreiben beobachtete er mit Mißtrauen. Ich nahm ja auch ziemlich viel Platz in Anspruch (meine Maschine stand auf einer Kartonkiste mit Pantoffeln drin), und ich war natürlich am lautesten, wenn er für einen Kunden eins seiner unbeschreiblichen Chaosse anrichtete. – Ich sagte ihm, mein Dichten sei wie das Polaroidfotografieren; ich schaute die Wirklichkeit an, und auf meinem Papier sei sie wieder in verfälschten Farben. – Es leuchtete ihm ein. – Einmal erzählte er mir die Geschichte von Van Goghs Ohr, die ich aber schon kannte. Ich konnte ihm sogar sagen, wie die Prostituierte hieß, die das blutige Geschenk erhalten hatte, Rachel. Der Händler hatte gemeint, die Mutter. – Einmal fotografierte er mich mit einem Polaroid (es war eine Kundendemonstration), und man sah mich käsebleich, einen Toten, und der Kunde kaufte den Apparat nicht.

Es gab immer weniger Bilder; alles verschwand. – Also malten alle wie vergiftet, und wir trafen uns nur zu den Abendmahlzeiten, die wir reihum kochten. Die andern waren irgendwo draußen im Felde gewesen, die Leinwände auf Verkehrsinseln. – Ich versuchte zu der Zeit zu fassen, was ich durch mein Fenster sah: ein abblätterndes Haus, einen Baum, einen Neubau mit Kran. Das Erlöschen, das Keimen, die gedächtnislose Kraft des Neuen. – Wieder war mit Cia und dem Maler nichts anzufangen. Cias Spaghettis klebten aneinander, und die des Malers waren eine sämige Brühe. – Am besten kochte sie Emil, der auch Bildhauer war und einmal eine ganze Schüssel voll aus weißem Carraramarmor gehauen hatte, für unser Nachtessen, als Virtuositätsbeweis. Unverkäuflich auch, obwohl sie al dente aussahen.

Der Maler hatte einen Sommer lang versucht, Ruhe zu malen. Hast du gewußt, sagte er, wie schwer es ist, einen Platz für die Leinwand zu finden, der still ist. Zu schweigen davon, was folgt, wenn du ihn gefunden hast. Er war im tiefsten Forst, und die Sägen kreischten; auf Gipfeln, und darüber Flugstraßen; endlich auf einem Gletscher, von dem er Bilder mitbrachte, vor denen wir flüsternd standen. Ich flehte danach, diesen Ort zu kennen, und als er sich anderem zuwandte – der Ekstase, glaube ich –, legte er mir eine Karte aufs Bett, eine von Island, einen Gletscherfluß mit einem mit einem Filzstift gemalten Kreuz. Ich überwand ein Hindernis nach dem andern wie Initiationsprüfungen: ein graues mörderisches Meer zuerst, an die Reling eines Passagierkutters geklammert, kotzend wie alle; einen Wall aus Fischköpfen und Colabüchsen, Schnapsflaschen; blaurote Heide, durch die Landrovers donnerten; und gelangte an die Spitze der Eiszunge. – Der Eishauch ging mir tief in die Lunge. – Ich stieg über Risse und Schrunden dem Kreuz entgegen, erreichte es gegen Abend. Haushohe Eistrümmer, Riesenpilze mit Eisfüßen und Steinhütten, Abgründe, über denen hinabstürzendes Wasser im Flug erfroren war. Dunkle Berge, deren Grate glühten; als brennten sie. – Hie und da Fahnen aus weggefegtem Schnee dort oben, wie schräg abstehende Haare. – Im Nachtschatten ich. Versuchte, die Stille zu hören, und krachte in allen Scharnieren. *Ich* war die Quelle allen Lärms. Das Gehirn knackte, das Ohr rauschte, mein Atem war wie ein Rasseln von Ketten. – Alles, was außen war, schwieg. Die Bergriesen mit erhobenen Fäusten. – Ich hockte im Schnee wie ein Hirt, ein Anbetender, ein Stück der Landschaft. Tatsächlich wurde der Lärm in mir geringer. Die Schwatzstimmen verschwanden, und der Atem glich mehr dem der Berge. So saß ich die Nacht und den Tag. – *Hörte* die Stille. – Sie war laut, ein Schreien, von überall her. Ich wußte nicht, was es war; bald aber hörte das Denken auf; die Stille denkt nicht. – Einmal hatte ich einen Traum, in dem ich meinem toten Vater so lebensdeutlich begegnete, daß er einen ganzen wachen Tag danach noch lebte und mich mit dem bestürzenden Gefühl erfüllte: das hatte mir also gefehlt. – Aus dem Eis stand ich plötzlich auf (der Himmel war grau geworden wie das Meer der Herfahrt; Eisschläge schwebten über mir) und sprang den Gletscher hinab. Schneebrükken, die einbrachen. Unten merkte ich, daß ich die Schreibmaschine vergessen hatte, verschlossen wie zu Beginn der Reise. – Dieses Gefühl des *Nie wieder*, das einen zerreißen konnte.

Übrigens sah ich den Gletscher später noch einmal; als ich Indianer war. – Ich ging in einem Randbezirk (jagte einen Büffel) und warf einen Blick in das Jenseits. Der Gletscher, da war er, und obwohl ich nackt in einer glühenden Sonne war, fröstelte ich. – An der Stelle von damals stand eine Leinwand, und eine vermummte Gestalt mühte sich. Eiszapfen an den Armen, Schnee auf der Kapuze. – Der Maler war in einem andern Jagdgrund; das hätte ich ihm gern gezeigt. Cia? Dora? Hatten sie Vermeer und Dufy aufgegeben? – Da kam der Büffel, und die Jagd nahm mich ganz in Anspruch.

Im Nebel im Schnee geschah es, daß der Abwärtsgehende (gerade noch vergnügt in einer Einerkolonne von Freunden) ins Rutschen kam und meinte, er fahre in den Himmel. Bis zum Hals begraben lag er und wußte nicht, wo war oben wo unten. – Die Augen blind. – Um sich zu retten, wühlte er im Schnee; versank er kopfvoran oder stieg er mit dem Hintern zuerst den Berg hoch? – Vielleicht war der Berg flach. – Himmel und Erde waren hell und undurchdringlich. Der Atem: atmete der jäh Einsame oder der Schnee? Wo jetzt ein Schnee hinkam (in einen Handschuh, in den Nacken), da blieb er. – Es war immer weniger kalt, und immer einverstandener war der Verschwundene mit dem Verschwinden, so daß er zwar hörte, daß von oben oder unten Stimmen riefen, aber nicht antwortete; als ginge es ihn nichts an.

Du lobst mich, sagte der Maler, wenn ich mein Inneres nach außen kehre; aber wieviel schwerer ist es, das Fremde zu malen. – Übrigens war er der großzügigste Schenker, so selbstverständlich, daß nie jemand auf die Idee kam, *ihm* etwas zu geben. – Manchmal, wenn in der Kneipe jemand lachte wie ein Panzer, blitzte in seinen Augen Haß auf. Eine Sekunde lang blickte er wie ein Mörder. – In seiner Jugend hatte er bebende Erden gemalt, in denen sich Spalten auftaten. Später quälte ihn vielleicht Schrecklicheres ohne daß er es zeigte. – Aufhören im Glück. – Offene Balkontüren, die zum Flug aufforderten. – Einfahrende Züge, diese schönen Lokomotiven! – In den Nächten im Bett sitzend. Der Grund der Panik aber so nah, daß er ungesehen blieb. – Schrecken malte der Maler keine mehr. Sagte, es sind *meine*, nehmt sie mir. Sie machen mich zärtlich, weil ich ihnen Widerstand leiste, so lange ich kann. – Und nun zu Cias Leidenschaft.

Sie hatte sich einem Spieler zugeeignet. Der Gedanke an ihn löschte alle andern Empfindungen in ihr aus. Die Welt konnte abbrennen, sie bemerkte es nicht; oder dachte, *ihre* Glut versenge alles. – Bei ihm wurde sie schamlos, weil sie wollte, daß alle ihren Verzicht auf Bedingungen erkannten. Saß gedankenverloren, wenn er weg war; war er da, wandte sie keinen Blick von ihm. Beim Lieben schwatzte sie krauses Zeug aus sich heraus bis er irritiert innehielt. Tat Neues; alles; sie, die bisher nie das Denken hatte verscheuchen können. – Sie fühlte sich in einer strahlend andern Welt. Die Cia von früher war ihr ein Rätsel, denn die neue mochte Pferderennen, ging in Spielsalons, fuhr an ihren Freund geklammert Motorrad und trank giftgrüne Cocktails, in denen Eiswürfel schwammen. – Einmal, als sie am Nachmittag mit dem Spieler geschlafen hatte, schlief sie abends mit einem andern, einfach nur um den Unterschied zu spüren. – In dem ganzen Sommer ihrer Leidenschaft malte sie am selben Bild, einer unsäglichen Spitzenklöpplerin. Es war ihr völlig egal, daß das Bild nichts taugte. – Bei jedem Motorrad rannte sie ans Fenster; es war gerade jene Zeit, da sie Modell stehen sollte; sie machte uns wahnsinnig. – Die Leidenschaft endete dann so, daß beide (nun war Herbst, rote Blätter der Autobahn entlang) zu einem Jazzfestival fuhren, und gleich nach dem Ankommen schliefen sie auf einem breiten Hotelbett in der Spätnachmittagssonne miteinander, sie erschöpft und er herrisch, und während er dann im Bad herumrumorte, stand sie auf einer zentimeterschmalen Terrasse und sah über einen See und *wußte,* es war der Anfang vom Ende gewesen; obwohl es dann noch lange dauerte. – Aber nie mehr wars wie zu Beginn. – Er schlief nun wie ein Befehlshaber. – Später, in einer Frühlingsnacht, öffnete sie das Atelierfenster und warf die Spitzenklöpplerin auf die Straße hinunter. Ein Mofa fuhr darüber und kam beinah zu Fall. – Noch später sagte sie mir, es sei ein Wahnsinn, *wie* lange dann noch das Denken bleibe.

Wie konnte es denn anders sein, als daß die vielen Tode, von denen wir wußten, im Herzen rechtsumkehrt machten und wieder nach draußen wollten. – Die vielen, die fort waren für *immer.* – Erschlagen, erhängt, erschossen. – Ich kannte eine, die stieg jahrelang jede Nacht in den Speicher, mit einem Seil in der Hand, und wieder zurück ins Bett, und niemand wußte es, ihr Mann nicht, nicht ihre Kinder. – Die über Sechzig waren in Stalingrad. Die darunter: im Glück war das Entsetzen zu leben zuweilen noch jäher.

Dann malte der Maler Luft. Zuerst war ich erstaunt – Luft! Renoir hatte das Problem gelöst, indem er das Schwarz wegwarf –, aber ich merkte, daß es für ihn kein technisches Problem war. – Seine Bilder waren wie aus einer erfundenen Zeit. – Die Luft am Ufer eines krachenden Meers! In einem Hafen dann (Algen, Fische, Motoröl)! Weiße sonnige Felsen hinauf (Wind in der Abendhitze) bis in den Lavendel! Aus einem kühlen Haus: der Schritt in die glühende Sonne. Um vier Uhr früh in einer Stadtstraße: Lindenblüten. – Wie haßte ich den feuchten Nebelbrei damals, als es nie tagte.

Die Luft, dieses Hitzezittern; dieses Getränk. Nach oben hin blau werdend, ganz allmählich; und plötzlich im Zenit das heftigste Strahlen. – Blätter bewegend, Pflanzenranken, die sich wiegten, als seien sie Schlangen. – Zuweilen wurde ein Vogel von einem unsichtbaren Schlag zur Seite geworfen; da flog er dann woanders hin. – Das Kornfeld, Wellen darüber hin, tatsächlich ein gelber See. Im Winter aber krachten die Äste von den Fichten beim leisesten Hauch. – Tulpen auch, in holländischen Feldern, neigten sich alle plötzlich nach Osten wie Betende. – Vom Sandsturm schwiegen wir. Wir waren keine Beduinen. – Ja, sagte der Maler, als er das letzte Luftbild gemalt hatte, warum wohl fuhr

Cézanne nie mehr nach Paris? Wir saßen im Atelier und aßen und tranken, und Cia sang später mit einer süßen kleinen Stimme, die an einen Vogel gemahnte.

Für die Luft in den Jagdgründen fehlen die Wörter. – An den Rändern ist keine Trennung, nichts, nur plötzlich wird die Luft fett, gelb, und keiner, der auf *dieser* Seite ist, würde einen Schritt in jene tun. – Von außen sieht die Lebewelt wie ein qualmender Müllplatz aus. – Von der Indianerluft waren die späten Sommer in Massachusetts die erste Stufe. Jenes Flirren zwischen den Farnen zwischen den Kiefern; Schmetterlinge; Harzduft vom Boden her (braune Nadeln überall). Und der lauteste Lärm der einer Ameise, die eine Kiefernzapfenschuppe über einen Wurzelwall schleppte.

Irgendwann einmal war der Maler ganz durchlässig geworden. Der Weg nach hinten früher frei. Er konnte ihn im Licht gehen und die warmen Steine an den Füßen spüren. Wärme, die es nicht mehr gab, nur noch in ihm. – Er konnte nicht nur nach hinten gehen, sondern auch nach vorn. Einmal ging er bis zu seinem achtzigsten Lebensjahr und kam nachdenklich zurück.

Der Tod gab uns Zeichen. Der Maler, der noch immer seine Farben ganz sicher setzte, hatte plötzlich eine Schrift wie wehe Vögel. Immer mehr interessierte er sich für nichts. Höchstens, daß er stundenlang gotische Kreuzigungen anstarrte. Er stand mitten in der Nacht auf, lange bevor die Sonne aufging; lag um neun im Bett. Rauchte noch während er einschlief. Einmal, als wir feierten (Dora hatte ihr erstes Bild verkauft, einen azurblauen Hafen), war er plötzlich verschwunden, und ich fand ihn weinend in seinem Zimmer, das Gesicht ins Indianerbild gewühlt. Sein Kinn naß und zitternd. – Seine Haut war gelb geworden, gefleckt. Seine Stirn gerunzelt in ständigem Schmerz. Er war allein, weil wir ihn allein ließen. – An einem sehr frühen Morgen hörte ich, schlafend, ein Geräusch, das ich noch nie gehört hatte und das ich sofort erkannte. (Als bräche ein Ast.) Eine Sekunde später war ich bei ihm. Er war ins Bild hineingestürzt.

An einem Tag voller Sturmböen hatte er das Bild von den ewigen Jagdgründen zu malen angefangen, aus heiterem Himmel, denn seit der Mittsommernacht (inzwischen aber starb das Jahr unübersehbar) hatte er Lithographien gemacht, Männer und Frauen, die immer mehr auseinanderrückten bis sie schließlich an beiden Steinrändern kauerten. Der

Stein, ursprünglich ein Brocken, war dünn geschliffen, und das Atelier stank nach Säure. – Plötzlich stand diese Riesenleinwand da, und davor der Maler wie ein Irrwisch, seine Palette schwingend und den Pinsel wie einen Degen. Noch nie hatte er so gemalt, hemmungslos wie ein Almenmaler, ohne Scham; sogar ein Hirsch stand im Forst. Rosaflammender Himmel. Die Indianer tanzten um etwas (um etwas Heiliges?), das von einem braunglänzenden Rücken verdeckt war. Feuer. In der Ferne eine Ebene, in der Büffel grasten. Frauen mit nackten Brüsten und Röcken, deren Webstruktur man genau sah. Kinder mit Feigen zum Hineinbeißen in der Hand; Trauben mit Glanzlichtern. – Der Maler malte ohne zu stocken, er!, weidende Rehe und unbekanntes Getier, aber keiner von uns lachte, keiner auch nur einmal. Die ganze Zeit standen wir stumm hinter ihm und sahen ihm zu. – Als er fertig war, wischte er sich die Hände an Cias Schürze ab (sie rührte sich nicht) und ging wortlos. Später fand ich ihn in der Kneipe des Griechen, und noch später flipperte er und machte zweiundzwanzig Freispiele.

Als er sich einmal an den Tisch setzte (der dem Wirt und seinen Freunden vorbehalten blieb), trank er einen großen Schluck, sah mich mit stechenden Augen an und sagte: »Alle Maler malen schnell.

Rembrandt, Van Gogh, Picasso. Auch Cézannes Pinselstrich war rasend; die Pausen zwischen den Strichen, die dauerten.«

Genau an diesem Abend schmerzte mich mein Rücken besonders. Ich hatte mich am Nachmittag, in meinem Auto sitzend, mit einem Herrn in einem andern Auto um einen Parkplatz gebalgt (das tat man damals) und erzählte es dem Maler. Und? sagte er. – Nichts. – Du hättest dein Auto da stehen lassen sollen, wo es stand, auf den Straßenbahngeleisen, irgendwer hätte es schon zum Schrottplatz gebracht. Was erwartest du? Willst du reich werden? Dein Geschriebenes von Stanley Kubrik verfilmt? – Mein Kopf begann zu nicken, und erst nach einer Weile gelang es mir, ihn kräftig zu schütteln.

Als ich ein Kind war, sagte ich dann (der Maler schnaufte nun, als habe er zu viel Luft in sich), erfror ich zuweilen zu einem unbeweglichen Klotz; alle Muskeln angespannt. Meine Augen blind, dahinter wilde Wünsche. Geballte Fäuste; Fieber. Man hätte mich wegtragen können wie ein Scheit. (Wäre es geschehen – ich an einem andern Ort zu Bewußtsein gekommen –, die Scham hätte mich getötet.) Ganz langsam lockerten sich dann die Muskeln, und ich trat wieder in die Atmosphäre ein. Atmete. In den

Nächten schlug ich mich auf den Kopf. Heute noch habe ich zuweilen ein Fäusteballen; erstarre aber nicht mehr. – Der Maler sah mich an. Dann stand er auf und ging zum Flipper zurück, und als er sah, daß ich auch kam, drückte er ein Spiel für mich, und wir spielten bis wir dreiunddreißig Freispiele hatten, die allerdings alle er machte, bis auf eins, das ich in der Endzahllotterie gewann.

Obwohl er sonst nichts spielte (kein Klavier, kein Roulette), war er der sicherste Flipperer, den ich je getroffen hatte. Er spielte mit den Mittelfingern und hielt den Oberkörper so ruhig wie man das von Mozart sagte. Ihn interessierten nur Freispiele. – Und Schnapszahlen. Bei jeder Schnapszahl tranken alle Anwesenden einen Viertel Roten, und da fast stets er der Schütze war, gab er viel Geld aus. – Manchmal spielte er so, daß man dachte, der Ball rolle an der Schnur seines Willens. Fast mußte er sich dumm stellen, um das Spiel zu beenden.

Hier, von hier aus gehen zuweilen ein paar (Rothäute; von wem geschickt?) ins Leben zurück, einen Brief in die Haut des Rückens geschnitten. Wir stehen am Rand der Jagdgründe und sehen ihnen nach (einer schweigenden Einerkolonne), bis sie in den Nebeln verschwinden. – Von der andern Seite her, wenn sie über dem Horizont auftauchen (wolkenhohe Kolosse), müssen sie herrlich aussehen. (Wenn sie sich dann umwenden!)

Hier gibt es übrigens einen Indianer, der eine Höhle mit Tierfiguren ausmalt. Seltsamerweise nur Schweine. Kein anderer Indianer beachtet ihn, ganz allein fegt er auf Leitern und Gerüsten seinen Felswänden entlang, ein zottiger Bock mit schwarzen Zähnen; dazu singt er. – Nur weil so seltsame Töne aus dem Ginster kamen, entdeckten wir den Eingang seiner Höhle. Hockten dann auf feuchten Steinen, ohne daß er von uns Notiz genommen hätte. – Als wir wieder draußen waren, sagte mein Freund zu mir, so alt hätte er gar nie werden können, eine solch unschuldige Hand zu erlangen. Nicht einmal einen gequetschten Kreis habe er zeichnen können; einen ungelogenen Strich. Alles habe einen solchen Schmiß gehabt, daß er verzweifelt sei. (Sogar mit dem Munde habe er gemalt: Imitationen der souveränen Hände.)

Die ewigen Jagdgründe: stille Täler (sattes helles Grün), gegen den Himmel begrenzt von weißen Felsen. Adler; und bunte Kleinvögel. Die Täler öffnen sich auf weite Ebenen, über denen die Luft flirrt; Büffelherden. Rote Felstürme. – Es gibt aber auch Buchenwälder, darin plötzlich das Ufer eines blauen Sees. – Einmal schäumte das Wasser eines Bachs über eine Stufe kaum höher als zwei Hände in ein Becken, in dem wir bis zum Hals stehen konnten. Kühles Wasser, ganz klar. – Stundenlang standen wir, den Mund an der Oberfläche, und kalte Fische glitten zwischen unsern Beinen hindurch. – Ein anderes Becken ist ganz rund, in einem Felskessel, von Kastanienbäumen umwuchert, dessen Blätter das Sonnenlicht dämpfen. In Stufen rauscht das Wasser über Felsrutschen zu einem nächsten Bekken, einem nächsten, einem vierten. – Einmal flossen wir, als seien wir selber Wasser, den ganzen Weg; unten in hellem Kies landend.

Jeden Tag saß ich mit den andern im Atelier (vor mir der Rücken Cias), und obwohl wir auf einem Küchenhocker ein sehr einfaches Stilleben aufgebaut hatten (zwei Äpfel, eine Gitarre, eine Flasche), irrten meine Blicke immer wieder auf Cias Hintern, und meine Buchstaben verwirrten sich; Is zwischen den Schenkeln von As. Dann verließ ich das Atelier in Panik und kauerte mich ins Sitzbad, einen kalten Wasserfall über dem Kopf, bis ich eine Gänsehaut hatte. Abends ging ich in Lokale und versuchte, fremde Blicke festzuhalten (Cia hatte ihren Spieler!). Kam auch zwei drei Male mit einer Frau ins

Gespräch und bezahlte ihr Bier. Ging einmal in ein Eroscenter, wählte eine mit einem Fliehkinn (kleine Brüste) und kehrte auf der Treppe um, als uns ein weinender Mann entgegenkam. Besuchte eine Disco, und es gefiel mir, obwohl jemand Hallo Opa zu mir sagte. – Einmal begleitete mich eine. Nackt lag sie da, breit und grob, und ich schäumte los bevor sie auch nur brummen konnte. – Bald ging sie. – Es war als brütete ich Millionen heißer Ameisen in mir aus. Ich zündete Zigaretten an, wenn ich noch welche im Mund hatte. Lachte viel, versteinert.

Alle schienen verurteilt. Kein harmloses Wort mehr. Kein Blödsinn, nur so. Wenn es schon kein brausendes Leben mehr gab, wollten sie Hand in Hand freiwillig auf den Horizont zugehen. Wir. Glücksstrahlende Hungerstreiks. Oder war *ich* es, wollte *ich* es! – Die Luft. Am gesündesten schien sie mir inzwischen, wenn ich sie *sah*.

(Einmal fragte Emil Cia, zu welcher Zeit sie am liebsten gelebt hätte, und bevor Cia den Mund auftun konnte, rief der Maler: in der der Griechen. – Cia saß rotglühend da und sah aus als könnte sie ihn treten. – Der Maler wollte der Liebhaber der Pythia bzw. der wechselnden Pythien sein; in einer heißen Sonne mit nacktem Hintern auf Steinen hocken und sich dunkle Sprüche ausdenken. Wißt ihr, dieser Bergkessel, im granitgrauen Abendhimmel Raubvögel, weit unten das Meer der Olivenbäume, und noch ferner das wirkliche Wasser! Die Säumerkolonnen der Könige, auf dem vordersten Esel ein nachdenklicher Bote. »Dereinst wird es Ottomotoren geben, genieße das *heutige* Elend.« – Cia starrte den Maler an; in ihrer Verblüffung noch hübscher als sonst. Hatte der Maler ihren Traum erzählt? – Was hätte ich sein wollen? Einer zur Zeit der Entdecker – die Erde weiß vor Hoffnung –, auf Indien stoßend, so daß Amerigo ein nicht sehr häufiger Vorname geblieben wäre? – In vorchristlicher Zeit auf Bali? – Oder doch hier, vor hundertfünfzig Jahren, hinter furzenden Rossen Kutsche fahrend? – Was war besser, Zahn um Zahn ausgerissen zu bekommen, Auge um Auge blaugeschlagen, oder alles aufs Mal?)

Dann, an einem heißen Nachmittag, schrie ich Cia!, Cia!, Cia!, stürzte in ihre Wohnung hinab (barfuß, in rotglänzenden Turnhosen), fand Dora vor, rannte mit ihr an der Hand die Treppe hinauf (auf den Stufen ihr Rock, die Unterhose, Sandalen), und sofort, die Tür offen, lagen wir ineinander. Ihre Haut weiß, warm. In einem immer stampfenderen Rhythmus schrie ich Cia! Cia! in ihre Ohren, und sie stammelte auseinanderfließend Dora, Mensch, Dora. Dann (ich wie ein Dampfhammer) heulte sie nur noch, egal wie sie hieß, und als wir brüllend wie Gummibälle über das Matrazentrampolin schnellten, war auch mir egal geworden, wer sie war. Ihr Gesicht ein Flehen. Dann lagen wir übereinander (keuchende Säcke), und Dora war viel weicher, als es die drahtige Cia gewesen wäre, die, als ich endlich den Kopf hob, an den Türrahmen gelehnt stand, die Daumen beider Hände in den Taschen ihrer Jeans. Unter eine Achsel geklemmt Doras Wäsche.

Still, wie auf Zehenspitzen nahmen die Abschied, die ihn sich leisten konnten. Konten jenseits der Meere; Ländereien. – Die andern (kein Geld, kein Mut, keine Sprachen) waren wie vorher; nur hatten sie keine Pläne mehr. – Hatten kein Jetzt, weil sie kein Morgen erwarteten und das Gestern nicht wahr sein durfte. – Lange hatte ich es nicht gemerkt oder das Merken nicht geglaubt. – Hie und da fehlte einer! – Mir lagen ferne Weiten nicht. Schafzucht. Ich war ein Enger, mochte Schluchten, solange ich auf den Graten oben sitzen durfte; die kantigen Steine zwischen den Beinen.

Die beiden Frauen waren die Treppen hinabgerannt (ich gelähmt auf dem Bett). Von unten her dann Cias schrille Stimme, ob sie (Dora) wahnsinnig geworden sei, sie (Cia) liebe sie (Dora). Und im übrigen sei sie (Dora) gar nicht gemeint gewesen, sondern sie (Cia). – Was hatte diese Cia nur (sie tobte und warf Möbel), sie, die vor aller Augen ihren Mund in den des Spielers wühlte? – Dora schluchzte leise. – Während ich mich anzog, wurden die Stimmen leiser, und schließlich (ich legte ein Ohr auf den Fußboden) hörte ich gar nichts mehr. Versöhnten sie sich? – Am Abend traf ich Dora im Keller vor der Waschmaschine. Ich trug meine Leintücher über dem Arm, sie einen Korb voller Unterwäsche. Sie lächelte und sagte nichts. – Gleich darauf kam Cia, lächelte auch und sagte auch nichts. – Also ich auch, ich lächelte auch, sagte auch nichts. – Ein stiller Abend zu dritt vor dem Fernseher, später kam noch der Spieler, wir sahen einen Krieg mit verstümmelten Kindern. – Am nächsten Morgen gelang es mir wieder nicht, das Stilleben auf dem Küchenhocker zu beschreiben, obwohl ich mein Pult verrückt hatte, hinter die Leinwand Beders.

Zwei Äpfel, eine Gitarre, eine Flasche: das mußte doch zu schaffen sein. Die Äpfel waren rot und glänzten, der kleinere hatte einen braunen Fleck nahe beim Stiel. Ja, Stiele hatten sie auch. Die Flasche: eine Flasche; braun, staubig, mit Spuren von Bauls Fingern. Die Gitarre hatte eine einzige intakte Saite; die andern kringelten sich am Steg. (Wie geschlitzte ins Wasser getauchte Löwenzahnstiele.) – Den Malern ging es allerdings nicht viel besser. Emils Gitarre: Juan Gris. Beders Äpfel: Cézanne. Morandi hatte eine seiner Flaschen an Baul ausgeliehen. Cia war noch mehr als sonst Vermeer hinterher, und nur Dora biß auf ihre Unterlippe, während sie flatternde Flaggen über unsern gemeinsamen Vorwurf malte: sie war gerade dabei, Dufy zu überholen. – Ein Sieg, aber wir waren alle schon einmal besser gewesen. – Der Maler setzte gegen Abend einen einzigen Strich knapp neben die Mitte der Leinwand und riß diese mit einem heftigen Ruck vom Rahmen. Sienarot, aber gebrannter Siena kam in den Dingen auf dem Hocker nicht vor.

Es schien zu bleiben, am Atelierfenster zu stehen und über die Dächer zu schauen.

Ich dachte, der Maler wollte die Form im Inhalt verschwinden lassen, obwohl sie sein Inhalt war. – Eine riesige Anstrengung, die Anstrengung unsichtbar zu machen. Nur Freude sollte übrigbleiben, Leben. Wahrscheinlich darum fiel mir nicht auf, daß der Maler kaum mehr im Atelier malte, sondern bei sich im Zimmer. Er hatte die Gitarre mitgenommen, und den ganzen Tag über drang zartes Zirpen zu uns herauf. – Wir knubbelten weiter an unsern Stilleben herum; die Maler saßen, weil sie das Mißglückte ständig übermalten, vor brettdicken Leinwänden, und meine Füße standen in einem Meer aus verbrauchtem Tipp-ex. – Einmal hatte ich keine Zigaretten mehr und stieg zum Maler hinauf. Er bemerkte mich nicht, weil er gerade an der Saite zupfte und dann, während ein stumpfer Ton in der Luft hing, wie ein Wichtel zur Leinwand zischte, mit hocherhobenem Pinsel. Zu spät, wozu auch immer, denn er ließ ihn sinken. Eine Weile stand er nur so da, schnaufte, ging dann erneut zur Gitarre und rannte wieder. – Natürlich wollte er Töne malen. – Als ich mich räusperte, erschrak er so, daß ein schwarzer Klecks auf die Leinwand klatschte. Er sah ihn an, fiel mir um den Hals, lachte, weinte. – »Dein Gegrunz.« – Aber später versuchte er es nie mehr. Im Gegenteil, er gab mir alle seine Zigarillos, saß stundenlang hinter mir und las mit (obwohl ich qualmte wie ein Vulkan), wie ich den Geranientopf beschrieb, den Baul an Stelle der entwendeten Gitarre auf den Küchenhocker gestellt hatte. Einmal, als ich ein Adjektiv durchstrich, stöhnte er wie erlöst.

Hier in den Jagdgründen rauche ich nur noch die Friedenspfeifen, die mir die Indianer ständig in den Mund stecken, obwohl nirgends ein Krieg in Sicht ist. – Ein gräßlicher Gestank, den auch die Indianer nicht mögen. – Den Tabak machen sie aus trockenen Buchenblättern, die sie zwischen den Fingern zerbröseln. Dazu Moos. – Die Indianer rauchen so oft (mit verkniffenem Gesicht), um nicht zu vergessen, wie schön alles andere ist. – Das Wipfelspringen zum Beispiel. Immer wieder klettern sie in die höchsten Bäume und schnellen von Wipfel zu Wipfel. Nie habe ich einen stürzen sehen. Zuweilen kreuzen sie sich in der Luft und geben sich im Vorbeifliegen die Hand. Lachen wie die Kinder. – Einmal, ein Tonnenschwerer, landete auf einer zu jungen Tanne, und deren oberster Ast brach. Fiel mit ihm auf den nächstunteren, der brach. Undsoweiter. Unverletzt kam der Dicke unten an und stand mit so vielen Ästen in den Armen da, daß er selber wie eine Tanne aussah. Neben ihm der kahle Stamm. – Der schönste Platz hier ist eine Bucht an einem Meer. Leise Wellen gegen weiße Steine voller Eidechsen. Dahinter Kornfelder mit Blumen. Das Korn ist so hoch, daß ich darin verschwinde. Ich habe ein Labyrinth hineingetreten (alle Indianer tun das), und obwohl es sich mehrmals mit den Labyrinthen anderer kreuzt (es kommt vor, daß ich mich in ein fremdes einfädle), befällt mich nie die Furcht, etwas Drohendes könnte mir entgegenschnauben. – Im Jenseits habe ich einen Herrn Schnauber gekannt. Solche Namen sind hier undenkbar. Die Indianer heißen *He-du!* oder *Mein-lieber-Scholli.* – Das Korn wird mit Sensen gemäht. Breitbeinig, gestaffelt schreiten die Indianer vorwärts, und hinter ihnen bündeln die Frauen die Ähren-Garben. Ich dresche dann. (Diese schönen Wörter! Hier *sind* sie wieder.) Habe einen Flegel. Es ist eine Arbeit, die man den Neuen gibt, weil in ihnen zuweilen noch Wutreste von früher sind, die das Schlagen erleichtern.

Immer klagte ich, alles sei immer gleich. Der tägliche Trott. Meine immergleiche Klage war aber längst eine Beschwörung geworden, alles möge so bleiben wie es war.

Ich gehe oft in mein Labyrinth. Die Ähren rauschen, wenn ich sie mit meinen Schultern streife, ein kitzelnder Geruch in meiner Nase, und das Korn kracht unter meinen Füßen. Wenn ich den Kopf in den Nacken lege: ein tiefblauer Himmel. Vögel. – Einmal (hier verrinnt die Zeit anders, wenn überhaupt) kreuzte ich erneut ein fremdes Labyrinth und folgte einem unbekannten Weg. Eine Spirale in noch höherem Korn, die mich ins Zentrum des unendlich gewaltigen Felds sog. Als ich erschöpft aufgeben wollte: eine in die Ähren getrampelte Kammer, und in Kornblumen und Mohn wie die römische Wölfin eine Frau mit einer Kuhmaske vor dem Gesicht. Kleine Zitzenbrüste. Hinter ihr ein Stier (ein Pappkopf, dessen Federn wippten), ein Häuptling, auf der Brust Tätowierungen von Echsen und Ochsen. – Ich glotzte atemlos, weil ich noch nie gesehen hatte was ich oft getan. – Nach einer Ewigkeit (beide sangen hohl aus ihren Köpfen) lösten sie sich von einander; nahmen die Masken ab. Die Frau war Cia, der Mann der Maler. Beide schwitzten und strahlten mich an.

Ich hatte den Maler in der Höhle des malenden Indianers vermutet. Er war jedenfalls öfters hingegangen, ohne mich, und verändert zurückgekommen. Als singe etwas in ihm. Also ließ ich die zwei (obwohl mir Cia etwas nachrief), bahnte mir quer durch die Ähren einen Notausgang aus dem Getreidefeld, rannte durch dürres Gras bis zur Erdritze (in Ginstern verborgen) und hockte dann in dieser Bauchhöhle, mich langsam beruhigend. – Fackeln brannten. – Wieder kletterte der Indianer auf Leitern herum, die er blitzschnell den Wänden entlang schob. Schweine, überall Schweine. Dazu sein Singen. – Ich saß. – Gerade als ich weggehen wollte, begann der Indianer eine neue Figur (und eine andere Melodie), eine Kuh diesmal (eine Art Fuge), die im Nu die ganze Wand füllte (die Höhlenhallen). – Ich blieb. – Wenn je ein Tier weise war, dann die Kuh. – Während ich zusah, wie der Indianer mit besenlangen Pinseln schwarze Farbe über das Gestein schmierte, dämmerte mir, daß es ihm nicht ums Malen ging. Dieses war dröhnend genug, aber sein Ziel waren die Töne. Je unerhörter sein Malen wurde, desto leuchtender sang er. Eigentlich krächzte er, aber sein Krächzen war so, daß ich bald in einem Fruchtwasserglück schwamm, das mich willenlos machte. – Ich kauerte auf meinem Stein, bis er verstummte. Brummelnd schob er seine Leitern beiseite, sah mich an (zum ersten Mal; zusammengekniffene Augen), und wir traten ins Freie; in eine rotglühende Abendsonne. Als er durch das hohe Gras davonging (Vögel aufstöbernd), sah er wie eine alte Frau aus.

Ich ging zu meiner Hütte zurück und traf unterwegs den Maler. Er trug den Stierkopf unter dem Arm und hatte eine Hose angezogen. Cia war nicht bei ihm, aber als wir später zwischen vielen Lagerfeuern durchgingen (schwadronierende Indianer), sah ich sie zwischen andern Frauen sitzen, auch sie nun mit einer Bastschürze. Sie erzählte gerade einer sehr großen Frau etwas, und beide lachten. – Wir fachten ebenfalls ein Feuer an und setzten uns, Wasser trinkend. Der Maler sah glücklich aus. Ich erzählte ihm mein Erlebnis in der Höhle oder besser in den Höhlen, und mein Freund trank zuerst einen Schluck und sagte dann, er glaube, die Töne seien Erinnerungen an ausgestorbene Tiere. – »Vielleicht ist die Tierheit als Ganzes das Göttliche. Uns ist das Tierdenken verwehrt. Was für eine Weisheit müssen Kuh und Schwein haben, daß nie ein Mensch aus ihnen geworden ist. Keine Sau würde Kravatten tragen oder Mikrochips löten. Keine Kuh ist jemals so trauergeschüttelt, daß sie in Lachen ausbricht.« – Dann saßen wir stumm und sahen dem Feuer zu, wie es niederbrannte. Äste knallten und schleuderten Sternenfunken ins All. – Als nur noch eine schwache Glut glühte, gingen wir im Mondlicht zum Meer hinunter (sein zitternder Spiegelschein auf dem Wasser) und beobachteten Tiere, die sich am Tag nie zeigten. Wir ahnten sie. Pelzige Vögel. In der Ferne ging ein Ungetüm mit einem zottigen Fell. Am Ufer Pinguine mit roten Fräcken (blutschwarz im Mondlicht), klein wie Kaninchen. Und einmal stieß eine Eule aus dem Himmel herab, die einen Schrei ausstieß, der einem Engelruf glich.

Die Geschichte mit Dora ging dann so weiter, daß es eines Abends an meiner Tür klopfte, und ich öffnete, und draußen stand sie in einem himmelblauen Nachthemd, einen Daumen im Mund und ihr Bettzeug unter beiden Armen. Wortlos drängte sie sich an mir vorbei und richtete sich ein Lager auf meiner Couch her; kroch unter ihre Daunen und schlief fast sofort, immer noch lutschend. – Ich stand eine Weile verblüfft, legte mich dann in mein Bett im andern Zimmer und schlief auch. – Am Morgen weckten mich ungewohnte Geräusche. Dora briet in der Küche Spiegeleier. Es stellte sich heraus, daß Cia ihr mit nicht endenwollenden Jammergeschichten (den Spieler betreffend) auf den Sack gefallen war. Entschuldigung. – Dora lächelte mich an und streichelte ganz kurz meine Hand. Sie tat die Eier auf zwei Teller, und wir aßen sie, ich auf einem Hocker hockend, sie auf der Couch. Sie trug immer noch das Babynachthemd und war schwanger; blieb in meiner Wohnung. Wir waren bald ein richtiges Paar. – Erst kurz bevor sie das Kind gebar, zog sie wieder zu Cia hinunter, die dann dem Kind (einem Mädchen, das sie Fee nannten) ein guter Vater zu sein versuchte. – Oft hörte ich ihre tiefe Stimme, wenn sie Wiegenlieder sang. – Manchmal durfte ich den Buggie schieben, wenn die beiden Frauen einkaufen gingen. – Fee war ein süßes Mädchen, mit blonden Locken und beinah so etwas wie Negerlippen. – Ich arbeitete nun wieder im Laden unten und stellte die Maschine diesmal auf die Pampers-Schachteln. Zuweilen, wenn der Händler Feierabend rief, kaufte ich eine und brachte sie nach oben. – Den Tag über aber saß ich da und dachte an Fee und versuchte, sie zu beschreiben.

Es mißlang mir, und ich begann ein Buch, das seit einiger Zeit in mir innen wie eine ferne Sonne glimmte, eine Reise in ein lange vergangenes Land, das ich Inti nannte. Allmählich, während ich Seite um Seite füllte, wurde die Sonne wärmer und heller. Inti begann an einem Meer zu liegen, in Oleanderdüften, aber es gab auch Gipfel und Schnee. Der Held war ein alter Mann. Als er gerade in Jerusalem bei einem Kongreß war, erhielt er die Nachricht vom Tod einer Frau, mit der er als Sechzehnjähriger in Inti gewesen war; sie damals dreiunddreißig. Er erzählte einer energischen Israeli, die sein security officer war und, alle Sicherheiten mißachtend, ohne ihre Uniform neben ihm im Sand lag (sie waren an den See Genezareth gefahren), von dieser ersten Liebe hinter einem Schleier aus wehmütiger Sehnsucht. – Als sie sich dann liebten, war auch er energisch, aber ihm fehlte das Versagen von damals. – Später gingen die beiden durchs glühende Jerusalem und einmal sogar nach Jericho. – Die Landschaftsschilderungen gelangen mir besser als die Beschreibungen der Frau, die jung gewesen war und doch alt. Als wirkliche Greisin (der Mann hatte sie, selber schon sechzig, in Los Angeles besucht, wo sie in einem Wohnwagen wohnte, auf einem Parkplatz) war sie sarkastisch geworden und hatte ununterbrochen kleine Pfeifen geraucht, wie manche Appenzeller Sennen. – Aber als der Abend gekommen war, hatten wir in Campingstühlen auf ihrem von Geranientöpfen umstellten Asphaltvorgarten gesessen, und sie hatte plötzlich mit einer ganz leisen Stimme begonnen, sich an jedes Wort, das wir einst gesprochen hatten, zu erinnern. Alte Klänge. Jetzt, im Dunkeln, sah sie aus wie früher, wie damals in Inti, in meinen hilflosen Armen, als wir angefangen hatten mit jenem Leben, das nun zu Ende ging.

Zuweilen durfte ich Fee wickeln, die quietschte vor Vergnügen, wenn ich meinen Mund in ihren Bauch wühlte und in ihre zarte Haut hineinfurzte.

Auf dem Heimweg vom Strand, da wo die Eule vom Nachthimmel gejubelt und ich Mammuts geahnt hatte, verlor ich den Maler aus den Augen, meinen Weg überhaupt, und irrte durch Felder und Büsche. Hie und da ein Raubtierfauchen. Die mondleuchtende Luft voller Vögel. Dröhnende Rufe aus der Ferne (jene Mammuts?), aber keine Spur vom Hüttendorf, in dem ich es mir eingerichtet hatte, und wo, zwischen vielen alteingesessenen Indianern, auch der Maler wohnte; drüben im Frauenteil Cia. – Ich ging und ging und hatte zum erstenmal das Gefühl, auch hier in den Jagdgründen könne dem Unbedachten etwas zustoßen. – Vielleicht schlief ich in einem Wald. Als die Sonne den Himmel zu röten begann, war ich jedenfalls zwischen Bäumen, großen flechtenbehangenen Stämmen, und begann, als zeige es mir den Weg, mit dem Licht zu gehen. Bald wurde das Unterholz lichter. Ich sah einen großen Hirsch, der in die gleiche Richtung schaute wie ich, und kam an den Waldrand. Tauglitzerndes Gras, Feuer, um die Indianer tanzten, Männer mit wehenden Haaren, Frauen mit Kindern im Arm. – Ich wagte mich in die Sonne hinaus; erblickte nun auch, etwas ferner, einen in Schilfgras liegenden Kutter, der nicht mehr seetüchtig schien. – Ich war erneut, diesmal von der andern Seite her, ins Bild hineingeraten. Nun aber wandten mir die, die ich bei meiner Ankunft von hinten gesehen hatte, ihre Gesichter zu; und umgekehrt. Die Frauen! Ich erkannte viele von ihnen, obwohl sie, bis auf kurze Lendenröckchen, nackt waren und Federn trugen. Die dort zum Beispiel mit den roten Haaren hatte mich einst auf den Armen getragen; mit jener andern war ich an einem Flußufer geschlendert und hatte von Infinitesimalrechnungen geredet, und plötzlich hatten sich unsre Hände berührt, und wir waren verstummt. – Eine andre (jetzt sprang sie höher als alle andern, ein Bild der Kraft) hatte mir alle Sternbilder erklärt, nur das nicht, in dem wir uns befanden. – Und jene dort!, die mich sehr lange vor ihrer Tür hatte warten lassen! Auch sie tanzte und hatte ein Kind im Arm. – Vor allem aber sah ich, was diese verrückten Indianer mit ihrem johlenden Veitstanz umkreisten, eine Art Krippe mit einem Baby drin nämlich, einem heulenden Bündel mit einem Quittenkopf, blau vom Ringen nach Luft und mit schrumpeliger Haut.

Und der riesige Indianer, der mir das Baby verborgen hatte, war mein Vater. – »Papa!« – Das hatte ich nie mehr erwartet, alles, aber nie mehr das. – Wir setzten uns abseits ins Gras, die Rücken der vergangenen Erde zugewandt. Mein Vater war genau wie einst und doch wieder nicht, denn er hatte Federn auf dem Kopf und einen nackten Oberkörper (er, der in Hut und Mantel am Ufer gesessen hatte, wenn wir im See schwammen), eine Wildlederhose mit Troddeln an den Nähten, einen Tomahawk am Gürtel, Mokassins. Muskeln! Er war gesund! Lebte, und ich wollte ihm erzählen, was aus mir geworden war, nachdem er mich verlassen hatte eines nachts, jäh, ohne sich zu verabschieden. Aber er legte mir einen Finger an die Lippen. – Zusammen sahen wir den Frauen zu, Freundinnen alle untereinander und auch meines Vaters, denn sie warfen ihm immer wieder Kußhände zu. Hüpften immer übermütiger bis das Baby im Korb schlief. – Mein Vater räusperte sich immer noch auf die gleiche Art (als grollten Wörter einer Ursprache aus seinem Innersten heraus), und als ich ihn später einmal in seinem Pueblo besuchte (in einem Horst aus Lehm, der an einer Felswand klebte), kochte er in einer Glaskugel wie einst einen vertraut starken Kaffee, klopfte das Löffelchen am Tassenrand ab wie niemand vor und keiner nach ihm, und natürlich rauchte er (als einziger Indianer *gern*), selbstgedrehte Stengel aus einem Tabak, der tief unter seinem Wohnhorst wuchs.

Während wir den Frauen zusahen, löste sich plötzlich eine aus dem Reigen und kam auf uns zu, eine große schlanke, und ich dachte, sie will etwas von meinem Vater, aber sie meinte mich, und weil mein Vater mir zunickte, stand ich auf und folgte ihr, in ein Getreidefeld hinein, ihr Labyrinth, dessen Geheimnissen ich mich überließ bis wir in die Innenkammer gelangten, wo die Frau in *einer* Bewegung ihren Rock abstreifte, sich eine Kuhmaske überstülpte und auf die Knie fiel. Anders allerdings als Cia es getan hatte, bettete sie ihren Maskenkopf ins Heu; vor mir ihr hochgereckter Hintern. – Zitternd setzte ich den Stierkopf auf. – Rings um uns in den Halmen Millionen lärmiger Spatzen. – Aber dann legte ich meine Hände auf ihre Backen, und eine neue Hitze begann mein Rückgrat hochzuströmen, höher und höher und immer unvertrauter, und schließlich so glühend, daß sie mein Hirn entzündete und dieses nach unten schoß und aus mir heraus und in die Kuhfrau hinein. – So blieben wir. – Dann nahmen wir die Masken ab. Am Eingang hockte mein Vater und rauchte, und natürlich kam ich mir dumm vor mit einem so leichten Schädel ohne jede Erinnerung.

Keiner von uns floh durch einen Notweg aus dem Getreide, sondern wir gingen Kurve um Kurve ins Freie, wo wir uns ins Gras setzten, so nahe dem Rand unserer Ewigkeit, daß wir ins alte Jenseits hinüberblicken konnten. – So saßen wir eine Weile, die Frau zwischen uns Männern. – Wieder sahen wir über den Gletscher hin, die Staffelei und die Gestalt, die nun über meiner Schreibmaschine kauerte, in einer endgültigen Stellung erfroren. – Sie schien etwas auf ein Blatt getippt zu haben, aber ich konnte nicht lesen, was. – Mein Arm berührte den der Frau neben mir (auch mein Vater lehnte sich an sie), und ich träumte von eben vorhin. – Weit unten auf der Gletscherzunge bewegten sich fünf oder sechs Punkte, kamen näher, wurden Männer, die hintereinander in einer Spur gingen, und endlich die Indianer, die von ihrer Mission zurückkamen. – Am Toten gingen sie vorbei, als sähen sie ihn nicht. – Wir winkten, und sie standen keuchend und grinsend am Erdrand. Ihre riesigen Federbüsche wehten über den Köpfen mit den scharfen Nasen. Während die Welten aneinanderdockten wie zwei Schiffe auf hoher See, brüllten sie uns Erlebnisse zu, die wir wegen des starken Winds nicht verstanden. – Kaum waren sie auf unsrer Seite: gleich wieder ein immer größerer Graben aus Nichts. – Mein Vater gab jedem einen Klaps auf den Rücken, so wie es einst Fußballtrainer getan hatten, wenn sie einen Spieler auswechselten, und alle lächelten, bis auf den letzten, der aufstöhnte, weil seine Botschaft noch nicht vernarbt war, eine Schrift, die irgendwem gesagt hatte oder hätte sagen sollen, er könne gerettet werden, wenn er das nicht tue, wozu er imstande sei.

Der Höhlenmaler duldete mich inzwischen so sehr, daß er einmal ein schielendes Schwein malte, und an seinem Gesicht sah ich, er tat es nur für mich. Ich lachte, und er kratzte an den Sauaugen herum bis sie blind waren. – Etwas später stieg er von seiner Leiter (das Schwein leckte inzwischen an seiner Eichel) und verschwand in einer schwarzen Höhlenecke. Ich hinter ihm drein, in ein noch viel höheres Gewölbe, dessen Dämmerlicht aus Löchern hoch oben herabströmte. Die Wände vollgeschrieben in einer Art Indianer-Sütterlin: Kreuze und Haken. – Ich schaute den Indianer fragend an. Er hob die Schultern und sagte endlich doch, das da schreibe er so nebenbei, obwohl dafür eigentlich eine Ganztageskraft nötig sei. Jedes Symbol sei etwas Ausgestorbenes. – Hä? – Er deutete auf beinah farblose Zeichen nahe dem Lehmboden und sagte, da unten sei damit angefangen worden, von wem, wann? Auch er habe keine Ahnung, was da warum den Erdboden verlassen habe; aber jedenfalls hätten die Statistiker einst alle Muße gehabt. – Die historischen Zeiten begännen etwa in der Wandmitte, dort. Saurier, Atlantis, etwas weiter oben: Veitstanz. Erst fast unter der Höhlendecke fange *seine* Schrift an. Er habe eine Strickleiter, mit der er sich jeden Abend aus den Beleuchtungslöchern abseile, um die Verluste des Tages zu notieren. Deshalb die Schmierschlieren zuweilen, aber er möchte den sehen, der da oben wie ein Kupferstecher arbeite. – Ich glotzte, den Kopf in den Nacken gelegt. Natürlich konnte ich von so weit weg noch weniger lesen, zumal auch er die Ahnenschrift schrieb, eine hastige Variante. – »Was sind denn die letzten Eintragungen?« – Der Indianer spähte mit zusammengekniffenen Augen, kratzte sich am Kopf und sagte schließlich: »Rebe, Goldfisch, Schulpflicht, glaube ich.« – Wir gingen in die Schweinehöhle zurück. Wir hatten Hunger. Die Indianer machen eine gute Wurst (scharfes Fleisch in einer Haut, die ein Prickeln auf den Lippen hinterläßt), und die aßen wir.

Ich war zudem auch oft bei meinem Vater, nicht so sehr seinetwegen (er sah mich gern, ohne mich zu brauchen), sondern weil mir sein Haus die Jahre wiedergab, in denen ich ein Quittenkopf gewesen war. – Natürlich gibt es ein Paradies, die Zeit, in der wir noch nicht entdeckt haben, daß es den Tod gibt. – Zur Tür dieses Hauses führte ein Weg aus Granitplatten, auf die ich mich barfuß stellte. Diese Wärme. Wenn ich nach unten sah: Glimmersplitter, als spiegelten die Sterne sich im Stein. – Im Haus drin ein Grammophon (wie ein Schiffskoffer aus Mahagoniholz), aus dem oft Schellacktöne kamen. – Das Gekicher meines Vaters, der in einem Buch las. Sein Kopf im Tabakqualm, die Fenster offen, draußen Bienengesumm. – Bevor ich ging, aßen wir oft eine

Kartoffelsuppe, in die mein Vater Rotwein goß. – Nichts aus den Urzeiten wird vergessen. Nur die neuen Dinge verfliegen spurlos. – Einmal, keine Ahnung warum ich gerade *das* meinem Vater erzählte, hatte ich geträumt (jenseits natürlich noch), alle andern Menschen trügen plötzlich schwarze Uniformen, nur ich nicht. – Eitel war ich damals. – Die Männer, von denen ich viele kannte, röhrten vor Lust, als ich schwitzend versuchte, die Lage mit Witzen zu entkrampfen, mit meiner Art von Witzen. Trotzdem gaben sie mir Tritte, dahin, wohin die Frauen zeigten, Frauen mit Häuten aus Email. – Mein Vater hob den Kopf und sagte, dein Traum, wenn man ihn lebt, macht er nicht eitel.

Schließlich ging ich doch wieder zum Maler, und schon auf dem Weg zu seiner Hütte kam mir manches merkwürdig vor. Überall Gerümpel, wie bei einem Trödler. Als ich vor der Tür stand und das Ohr an das Schilf preßte, hörte ich seltsame Geräusche. Ich öffnete. Der Maler saß breitbeinig auf einem Küchenhocker, mit einer Tuba im Mund. – Es stellte sich heraus, daß er ein Virtuose in der Kunst werden wollte, laute Instrumente leise zu spielen. – Tatsächlich haben die Indianer ganze Sinfonieorchester, hundert Mann bzw. Frau, die man kaum hört. – Er spielte eine Sonate von Ravel, wie von Ravel, jedenfalls kullerten die Tubatöne wie Glasperlen über den Fußboden. – Heute, wo er wirklich ein Virtuose geworden ist, wählt er zuweilen auch kleinere Instrumente, spielt Rachmaninow auf einem Kamm, das was ihm von Rachmaninow in Erinnerung geblieben ist, denn ein ungeschriebenes Gesetz schreibt vor, daß kein Indianer Noten hat oder braucht oder kennt. – Die Solopartiten von Bach klangen wie Schlangenbeschwörungen, abgesehen davon, daß der Maler sie auf Schnapsgläsern spielte, die er verschieden hoch mit Trester gefüllt hatte und gegen die er mit Zahnstochern schlug.

Und während er spielte, sagte er, ach weißt du, das Verbotene damals. Ich konnte Frauen aus jedem Blickwinkel malen, oder Morde, oder Atomschläge. Aber einmal malte ich einen Präsidenten. Hängte ihn im Laden auf. Fünf Briefe an die Staatsanwaltschaft, bis ich das Bild wieder hatte, und ich mußte zwei Gutachter bezahlen, obwohl das Verfahren eingestellt worden war. – Noch immer erregt fegte er zwei Gläser auf den Boden, das C und das A, den Grundakkord der Partita. – Also steckte er die Zahnstocher in die Tasche, trank die übrige Tonleiter leer und sagte dann, früher, da alterten wir Menschen, und die Welt um uns herum blieb. Dann aber allmählich wurde die Welt schneller als wir alt, die Greise mußten fürchten, sie bleibe vor ihnen auf der Strecke.

Nachdem, im rußigen Haus, der Maler durch das Bild verschwunden war, herrschte eine ziemliche Verwirrung. Wo war er hin? Ich war mit Cia, mit Dora, mit Fee, mit meinem Buch beschäftigt, aber Baul ging plötzlich aufrechter als früher und nannte sich, zumindest am Telefon, Paul. Als einziger fürchtete er sich nicht vor den Selbstschüssen, versuchte zweimal, in das Zimmer des Malers einzudringen, und schien von den Schußlöchern hinter ihm in der Treppenhauswand kaum beeindruckt. Emil, unser Neidischster, ließ ihn dabei nicht aus den Augen. Er konnte so sehr an sich denken, daß ihn die tägliche Zeitungslektüre deprimierte nur weil sein Name nicht vorkam. Auch er startete einen Angriff auf das Malerzimmer, mitten in der Nacht, als alle schliefen. Die Schüsse hatten wir verschlafen, aber seine Schreie weckten uns. Er war in den Hintern getroffen worden, auf der Flucht. Wochenlang stand er beim Essen. – Schließlich wurde keiner der Nachfolger des Malers, und das Zimmer blieb zu, bis, viel viel später, ich es dann versuchte. – Dafür aber entvölkerte sich unser Haus. Das heißt, zuerst wurden unsre Gespräche frostiger, als hätten wir uns ohne den Maler nichts mehr zu sagen, und bald malte jeder ohne sich um die andern zu kümmern. Beder plötzlich abstrakt, Baul wild, Emil Selbstporträts, auf denen er dem jungen Rembrandt zu gleichen versuchte. Ich schrieb sowieso von Inti. Dann, an einem diesigen Morgen, war Beder verschwunden, just Beder, der unter Agoraphobie litt und die Stadt vorher nur an Bauls Hand durchstreift hatte. (Sie waren manchmal nächtelang unterwegs, ich glaube, sie besuchten Bordelle im Bahnhofsviertel.) Beder hatte gar nichts mitgenommen, nicht einmal sein Geld. – Wir gaben eine Vermißtenanzeige auf, sogar in der Zeitung war Beders Bild, eine alte Kohlenskizze von Cia, weil wir kein Foto hatten; er glich darauf dem Spieler, und tatsächlich wurde der dann mehrere Male behutsam festgenommen. – Baul, ich meine Paul, schaute wochenlang ziemlich dumpf. Ließ sich einen Vollbart wachsen und kaufte einen Walkman. – Daß auch er weg war, merkte ich erst, als Emil plötzlich im ersten Stock wohnte und seinen engen dritten nur noch als Rumpelkammer benutzte. – Dann war auch er fort, alle Türen offen. – Wir Frauen hatten so sehr mit uns zu tun, daß wir das hinnahmen ohne die Fliehenden zurückholen zu wollen. Sie waren uns egal geworden. Fee dappelte zwischen den Bildern der verschwundenen Meister herum und verschönte sie mit ihren Filzstiften. Dora bügelte, Cia strickte einen

Pullover nach dem andern, und ich kochte, wenn ich nicht gerade an meinem Buch schrieb.

In diesem fuhr der Held zu einem Kongreß nach Jerusalem. Er hatte einen Lehrauftrag für Urgeschichte an einer französischen Universität, den er mehr schlecht als recht erfüllte, weil er die Landessprache nicht beherrschte. Allenfalls *bonjour.* Seine Freunde übersetzten ihm die Vorlesungen und notierten sie in phonetischer Schrift, und er las sie dann vor; zuweilen mischten sie ihm einen Unfug hinein, und er schaute ratlos ins Auditorium, wenn plötzlich alle kicherten. – Das Thema des Kongresses war die Kontinentaldrift und ihre Folgen, die Kongreßsprache Englisch, und da er auch das nicht konnte, trug er auch hier eine phonetische Version seines Vortrags bei sich. Er hatte eine Theorie entwickelt, nach der die Fest- und die Naßteile der Erde in einem Spannungsverhältnis zueinander stehen und sich im Lauf der Jahrtausende austauschen. Die Ozeane werden zu Festländern und umgekehrt. Gerade seien die Landmassen wieder dabei, flüssig zu werden, der Moment des Umkippens (der *clap down*) sei nahe. – Aber die Kongreßteilnehmer waren an anderen Fragen interessiert, sie starrten auf die Zeitgeschichte. – Hinzu kam, daß die Freunde, die den Vortrag übersetzt hatten, auch nicht Englisch konnten.

In dem Buch schrieb ich aber nicht, daß etwas in mir mich selbst fast zerriß. Schreib einen besinnungslosen Satz, dachte ich, und zehn Minuten später bereust du ihn. Aber irgendwann einmal muß der Besonnenste zum Himmel schreien. – Inzwischen mehrten sich die Anlässe. – Ich wärmte mich an meiner Geschichte, das ging schon, ich schrieb ja von Menschen, deren größte Bedrohung Typhus oder Pest waren. Aber dann das Aufstehen vom Tisch. – Oder vielleicht brachte just die Schreiberei die Organe in mir durcheinander, und alles Harte wurde weich und umgekehrt. – In Inti jedenfalls kamen die Menschen dem Schrecklichen sehr gemächlich auf die Schliche (wußten nicht schon alles mit fünfzehn), und bis zu ihrem Ende blieben sie Kindsköpfe genug, sich auf ein Morgen zu freuen. – Mir fiel es inzwischen schwer, im Laden unten zu schreiben, erstens weil der Inhaber mir immer ungeeignetere Schreiborte zuwies (zuletzt hockte ich direkt vor dem Heizgebläse), vor allem aber auch, weil mir schien, manche Kunden, die ich doch ehedem ganz nett gefunden hatte, versteinerten sich in die alten Monstren zurück. Junge Mädchen in Jeans unterhielten sich über Prozesse, die sie gegen ihre Väter führten, wegen Ausbildungsgeldern. – Einmal sollte ich, ähnlich dem Helden meines Buchs, eine Reise zu einer Art Kongreß machen (nach Eboli, es ging um die Frage, ob Christus wirklich so weit gekommen sei), aber ich fürchtete, danach den Rückweg nicht mehr zu schaffen. – Durchs Oberlichtfenster des Ladens sah ich die Turmspitze eines fernen Steindoms, der mich daran erinnerte, daß früher Mönche die Güte Gottes gelobt hatten bis ihnen die Glieder abgehackt worden waren. Tatsächlich las ich inzwischen, statt zu schreiben, oft in einer kleinen Bibel (trug sie in der Brusttasche bei mir), die Beine auf einer Kiste voller Spraydosen, im Rücken die Hitze des Gebläses. Die Flammenwörter des Hohelieds gegen die grauen Klagen des Händlers (keine Rendite, miese Margen), klar, wer da stärker war.

»ER küsse mich mit dem Kusse seines Mundes«, las ich. »Denn deine Brüste sind lieblicher denn Wein. Das man deine gute Salbe rieche; dein Name ist ein ausgeschütte Salbe; darumb lieben dich die Megde. – ZEuch mich dir nach; so lauffen wir; der König füret mich in seine Kammer; wir frewen vns; vnd sind frölich vber dir; wir gedencken an deine Brüste mehr; denn an den Wein; die Frommen lieben dich. – ICh bin schwartz; aber gar lieblich; jr töchter Jerusalem; wie die hütten Kedar; wie die teppiche Salomo. Sehet mich nicht an; das ich schwartz bin; denn die Sonne hat mich so verbrandt. Meiner mutter Kinder zürnen mit mir; man hat mich zur Hüterin der Weinberge gesetzt; aber meinen Weinberg den ich hatte; habe ich nicht behütet. – SAge mir an du; den meine Seele liebet; wo du weidest; wo du rugest im mittage? Das ich nicht hin und her gehen müsse; bey den Herden deiner Gesellen. – Kennestu dich nicht; du schöneste vnter den Weibern; so gehe hin aus auff die fusstapffen der Schafe; vnd weide deine Böcke bey den Hirten heusern. – JCH gleiche dich; meine Freundin; meinem reisigen Zeuge an den wagen Pharao. Deine Backen stehen lieblich in den Spangen; und dein Hals in den Keten. Wir wöllen dir güldene Spangen machen mit silbern Pöcklin. – DA der König sich her wandte; gab mein Narde seinen ruch. Mein Freund ist mir ein Büschel Myrrhen; das zwischen meinen Brüsten hanget. Mein Freund ist mir ein drauben Copher; in den Weingarten zu Engeddi. – SJhe; meine Freundin; du bist schöne; schöne bistu; deine augen sind wie Tauben augen. Sihe mein Freund; du bist schön und lieblich; vnser Bette grünet; vnser Heuser balcken sind Cedern; vnser latten sind Cipressen.« – Ein Schatten verdunkelte alles, und der Händler, Herr Marthaler, beugte sich über mein Buch und sagte, ich solle den Scheiß lassen, er habe endgültig die Nase voll davon, sich die Kunden von uns Gesocks vertreiben zu lassen. – Ich steckte die Bibel ein, stand auf und ging, unterm Arm eine Kiste Pampers, obwohl Fee längst keine mehr trug. – Durch das spiegelnde Glas der Ladentür die Silhouette des Marthaler, die Hände in die Hüften gestemmt und auf den Absätzen wippend.

Dann war Cia weg. Die ersten paar Nächte störte es mich nicht, im Gegenteil. Ich glaubte, sie habe sich mit dem Spieler versöhnt, und war froh, mit Dora liegen zu können, ohne daß Cia alle zehn Minuten im Nachttisch nach Zigaretten suchte. – Nur Fee kam hie und da. – Wenn Dora in Ekstase geriet, bekam ihr Gesicht einen verzauberten Ernst, ungläubig, daß das alles möglich sei. – Dann rief die Polizei an und hatte wieder einmal Beder gefunden, und erneut war er der Spieler, und wir begannen uns Sorgen zu machen. Auch von Cia hatten wir kein Foto; die Zeitung weigerte sich, nochmals eine Malerei zu veröffentlichen; diesmal hatten wir ein Aquarell von Dora hingeschickt, Cia in der Pose der nackten Maya. – Wir schliefen nun oft Rücken an Rücken; draußen wollte ein ewiger Regen nicht aufhören. – An einem Morgen warf ich Fee in die Luft und fing sie auf und kriegte einen Hexenschuß, der mich unbeweglich machte; alle lachten wir über meine Zombieart. Wie ich Dora und Fee hinterdreinschlich, die dann stets das Zimmer, zu dem ich mich hingeschleppt hatte, gerade wieder verließen. – Dann waren auch sie verschwunden. Ich rannte schluchzend vor die Tür des Zimmers des Malers. Drückte die Falle, und die Schüsse warfen mich zu Boden. Rappelte mich auf, humpelte zum Schreibtisch, beschrieb die Vermißten und brachte die Anzeige zur Polizei.

Saß tagelang vor dem Fernseher, bis mir eine gemiaute Katzenfutterwerbung zu viel wurde und ich so heftig gegen den Apparat trat, daß blaue Blitze aus ihm herausschossen. Zitternd schraubte ich dann eine neue Sicherung ein. – In dieser Nacht träumte ich, ich steuerte eine hochhaushohe Straßenbahn auf eine enge Kurve zu, und die Bremse bremste nicht, und hinter mir saßen Vater, Mutter, Schwestern, Brüder, die Freundinnen von früher, die Lehrer. Alle brüllten und röhrten vor Gaudi, während ich in meiner Fahrerkabine in Schweißbächen saß. – Zu Inti fiel mir nichts mehr ein. Ohne Fee hatte es keinen Sinn. – Essen tat ich in Burger-Kings, niemand wunderte sich dort, wenn jemand nichts sagte. – Ein bißchen probierte ich es mit Malen. – Immer wieder fiel mir der alte Witz von den zwei Juden ein, die, obwohl sie nicht schwimmen konnten, quer durch den ganzen Atlantik nach Amerika schwammen und nicht untergingen, weil sie ununterbrochen mit einander palaverten; mit den Händen eben. – Wenn ich in mich hineinträumte, waren da mit alten Sonnen bemalte Theatervorhänge, die sich nicht hochziehen ließen; eisenschwere. Hinter ihnen vielleicht ein Stück, in dem jemand in den Bühnenhimmel hineinschritt, immer kleiner wurde und sich kein einziges Mal umdrehte. Ich sprachlos.

Ich suchte die Tochter des Malers auf und sagte ihr, ich wolle ein Bild ihres Vaters kaufen. Sie stand zwischen Schwedenmöbeln (alles birkenlicht) und nannte mir sofort eine fabulöse Quadratzentimetersumme, die ich ebenso schnell akzeptierte. In ihrem Auto, einem Golf GTI voller Aufkleber, fuhren wir zum Haus. Ich ging hinter ihr, und als sie die Tür offen hatte, trat ich ins Zimmer des Malers und schloß hinter mir zu. Fummelte so lange am Einstellmechanismus der Selbstschußanlage herum, daß ich schließlich nicht mehr wußte, war sie nun geladen oder nicht. Legte mich aufs Bett. Vor der Tür fiel ein Schuß, aber ich traute mich nicht zu öffnen und zu schauen. – Dann saß ich lange vor dem Bild mit den Indianern und glotzte darauf. Die Indianer hielten sich bei den Händen und sprangen lachend im Kreis herum; vor mir der riesenhafte Rücken eines Manns. – Ich hatte nichts zu essen mitgenommen, und mehr und mehr schien mir, die Indianer tanzten um einen dampfenden Kessel herum, und ich roch immer deutlicher eine Suppe, ja, eine heiße Kartoffelsuppe aus gebranntem Mehl und mit Wurststücken. Ihr Duft betäubte mich schließlich so, daß ich gegen das Bild taumelte. Wie ein Löwe fiel ich unter die Indianer. Weit und breit kein Topf. Ich wurde von den Tanzenden gepackt und im Kreis herumgewirbelt, längst blind für die, die mich an beiden Händen hielten, weil ich weinte.

Dann streifte ich durch die Jagdgründe. Warme Sonne; helles Gras; Käfer darauf. In den Fernen hie und da Rehe, die in einen Wald hineinschlenderten. Ich badete in einer Felsmulde. – Endlich weit unten die Rauchsäulen einer Siedlung. Der erste, auf den ich am Dorfrand stieß, war der Maler. Er führte mich zu seiner Hütte, wo wir uns auf Bastmatten setzten und anfingen zu lachen, lachten und lachten, bis ein paar Kinder zur Tür hereinschauten.

Dann kam all das, was ich schon erzählt habe, der Schweinemaler, die Nachttiere, Cia, der Vater, die Kuhfrau; ich wurde selber ein Indianer und rostbraun wie alle, mit einer Feder auf dem Kopf. Reihte mich, so oft es ging, in den ausgelassenen Tanz ein; sehr oft war das nicht mehr. Er war ein Empfangstanz für die, die aus dem Jenseits angesagt waren. – Im Körbchen jeweils ein neues Baby. – Eigentlich kam fast niemand mehr. Einmal noch ein Mann mit einer Pfeife im Mund, die ihm gleich weggenommen wurde; *diesen* Tabak ertrugen die Indianer schon gar nicht. Und später noch eine Frau, die so laut kicherte, so ohne Ende, daß wir zu tanzen aufhörten und sie in ihr altes Leben zurückschoben. – Eine der Indianerinnen hob das schluchzende Baby aus dem Korb und wiegte es tröstend; nicht immer können sich die Altgewordenen versöhnen. – Wir gingen zu unsern Beschäftigungen zurück. – Ich sitze jetzt oft an einem Holztisch (habe eine Hütte) und schreibe meine Erlebnisse auf, dies hier. Zwar habe ich keine Schreibmaschine, aber mit den Rötelstiften, die mir der Höhlenmaler geschenkt hat, geht es genausogut. Besser. – Das Heft mit meinem Geschriebenen trage ich in meiner Hosentasche, setze mich oft hin unterwegs (auf einen Baumstumpf, an einen Bachrand); eigentlich schreibt das Buch sich selbst. – Cia züchtet Sonnenblumen (verschwindet in ihnen), die lange große Frau steht rußgeschwärzt vor einem Amboß und schlägt Hufeisen rund, und der Maler ist nun selbst bei offener Tür nicht mehr zu hören, weil er ein Virtuose geworden ist.

Sein erstes öffentliches Konzert fand auf dem Dorfplatz statt. Ein sanfter Abend. Alle Indianer saßen plaudernd auf dem Boden, tranken Wasser aus Tonkrügen; auch die Kinder waren da und rannten herum, und an der einen Platzseite war ein Podium gebaut worden, auf dem das Sinfonieorchester saß, etwa hundert Männer und Frauen mit Geigen, Flöten, Trommeln, Tschinellen. Kein Applaus, als der Maler und der Dirigent auftraten; beim Musikmachen ist das leiseste das größte Lob. (Wenn jemand wirklich unter allem Hund ist, schlagen die Empörtesten die Handflächen ein paarmal gegeneinander.) – Der Dirigent öffnete jäh den Mund, das war der Einsatz. Zuerst spielte das Orchester eine Einleitung, ein fernes Surren, dann setzte der Maler ein. Er hatte seine Tuba so poliert, daß wir uns in ihr spiegelten, goldleuchtend und verzerrt. Auch er spielte wie ein Hauch, seine Töne, so weit wir sie hörten, waren Erinnerungen an die Töne des Jenseits, das, was von ihnen übriggeblieben war. Schubert klang nun lauter als Beethoven. Ein paar Indianer weinten, jenseits war es auch einmal schön gewesen. – Im letzten Teil des Konzerts war eine Weile lang gar nichts zu hören, obwohl das Orchester und der Maler aus vollen Backen spielten; später erfuhr ich, sie hatten es mit Richard Strauss versucht. – Als das Konzert eigentlich schon vorüber war (die Zuhörer hatten so lange geschwiegen, daß die Musiker eine Zugabe gaben), stand plötzlich der Höhlenmaler auf der Bühne, und vom Malermaler begleitet sang er Lieder, die so unerhört zum Himmel stiegen, daß ein Storch dort oben nicht mehr wußte, wie die Flügel schlagen. Aber immer wenn er zu stürzen drohte, hielt der Sänger inne; ohne hochzusehen. – Ein tiefes Schweigen nach seinem Vortrag. Auch der Maler, der ihn wirklich gut begleitet hatte, starrte ihn fassungslos an. – Nachher gingen wir alle in ein Restaurant (Holztische unter einem niedrigen Blätterdach) und aßen und tranken und lärmten. Am lautesten war der Sänger, der einen Arm um seinen neuen Freund gelegt hatte und blöde Lieder gröhlte. Kinder probierten die Tuba aus und entlockten ihr Fürze. Die Frauen setzten sich hierhin und dorthin, und wenn jemand nichts mehr zu essen oder zu trinken hatte, stand er auf und holte es sich. – Hinter der Restauranthütte (es war längst Nacht geworden) pinkelten Männer und Frauen. Aus dem Dunkeln ihr Plätschern und Lachen. – Als ich später auch dort stand, sah ich weit vorn auf dem Platz immer noch ein paar, die vor dem Podium schwiegen und die Hoffnung nicht aufgaben, den Sänger noch einmal zu hören.

Neben mir hielt eine Frau ihr Kind in die Höhe, damit es sich nicht die Beine naß machte. Es machte dafür meine, und ich sprang so schnell zur Seite, daß ich die Hosen zweier mächtiger Indianer überschwemmte. Sie drehten mir beide gleichzeitig ihre Köpfe zu: Beder und Baul. – »Sowas!« – Ich setzte mich an ihren Tisch und berichtete von meiner Flucht; sie erzählten ihre; ihr Trick war es gewesen, ins Zimmer des Malers zu *kriechen.* An den neuen Einschlägen in der Treppenhauswand hatte Baul überhaupt erst gemerkt, wo Beder hin war. – Ich Trottel hatte sie auch gesehen. – Dann sah ich die Frau und das Kind aus dem Restaurantschatten treten: Dora und Fee. Ich stürzte zu ihnen hin. Dora trug einen raschelnden Bastrock, und Fee begann sofort ihr altes Spiel, ihre Nase gegen meine zu drücken. – Wie groß sie geworden war. – Später tanzten wir, als ein paar aus dem Sinfonieorchester auf einen Tisch kletterten und einen Cheesecake spielten. Der Sänger sang durch einen Trichter hindurch, der eigentlich zum Abfüllen der Karaffen gebraucht und ihm zuweilen von einem Durstigen vom Mund genommen wurde. Bald stieg auch der Maler auf den Tisch (das halbe Lokal war jetzt oben). – Im Morgenrot begleitete ich Dora und Fee zu ihrem Haus, einem weißgekalkten Würfel inmitten von Blumen. Auf dem Heimweg eine blendende

Sonne direkt von vorn. Ich atmete, als tränke ich die Luft.

Mein Haus ist auf einem Baum oben, einer gewaltigen Eiche. Äste, Blätter, Lehm. – Eine Strickleiter. – Wenn es windet, rauschen die Wände. – Zuweilen nagen Biber unten am Stamm. – Nachts schleicht der Mond hinter Büschen vorbei. – Das Bett ist aus Laub. Wenn ich darin versinke, schlafe ich auch schon. Jenseits stemmten sich meine Muskeln gegen die Dunkelheit, bis der Tag graute.

Ich lag noch im Laub, als Fee ihren Kopf durch die Türluke streckte und sagte, kommst du mit, spazieren? Natürlich rappelte ich mich hoch und kletterte nach unten. Fee war so tatenlustig, daß sie keinen Moment ruhig stand. Wir tanzten auf Baumstämmen und sprangen über Bäche. Fingen Frösche und leerten einen Busch reifer Himbeeren. Irgendwie (Fee rannte weit voraus) landeten wir in der Nähe der Höhle, und weil wir nun schon einmal da waren, zeigte ich sie ihr. Der Maler malte hoch oben an einem Schwein mit Fledermausflügeln herum und sang nicht mehr. Fee beobachtete ihn mit zusammengekniffenen Augen, nicht sehr lange, denn plötzlich (woher nur?) hatte sie einen Pinsel in der Hand und malte auch: auch ein Schwein. Es wuchs ihr aus dem Pinsel, als sei es fertig darin gewesen. Und kaum war es freigelassen, blühte neben ihm ein nächstes auf. Ein drittes. Eine Herde. – Inzwischen kauerte der Schweinemaler neben mir und wusch seinen Pinsel in einem Topf sauber, endgültig. – Die Höhle tanzte um uns herum. – Plötzlich hörte Fee auf (alles war gesagt) und hockte sich zu uns; wusch auch den Pinsel; die beiden als kennten sie sich. – Ich schlenderte herum und sah mir alte Schweine an. Eins, versteckt in einer schwarzen Ecke, schien Brüste zu haben: zwei Felsbuckel mit sienaroten Warzen. Als ich eine Zitzenspitze berührte, wie ein Hauch nur, begann das ganze Höhlengestein zu ächzen und stöhnen (ich erschrak entsetzlich), aber dann (statt daß Felsmassen mich verschütteten) wälzte sich nur das Schwein beiseite; eine Tür, deren Mechanismus ich in Gang gebracht hatte. – Ich kam in eine helle Höhle, in der mein Vater und der Maler an einem Metalltisch saßen (wie früher in Gartenwirtschaften) und mir zuprosteten. Beide trugen riesige Federhüte, deren Schweife bis auf den Boden herabreichten. Vor ihnen Flaschen und Gläser. »Da bist du ja«, sagte mein Vater, und der Maler: »Na dann mal los.« – Hinter ihnen kauerten vier reglose Indianer: Beder, Baul, Cia und Dora. Als sie mich sahen, erhoben sie sich, und wir stellten uns wie von selbst nebeneinander, Baul, Dora, Beder, ich und Cia, die mir noch zierlicher vorkam als früher. Mein Vater qualmte eine lange Pfeife und machte sich mit einer Tätowiernadel an Bauls Rücken zu schaffen. (Der Maler trank still, ohne sich um uns zu kümmern.) Baul stöhnte zuweilen, bis ich dann in einer blauen Pünktchenschrift das Wort HÖRT las. Dann kam Dora dran: MIT. Auch ihr schien es weh zu tun. Beder, der früher losgekreischt hatte, wenn er an einen Mückenstich nur *dachte,* schwieg jetzt. DEM. Und schon spürte ich die Nadel in meinem Fleisch (brüllte). – Was? – Cia bekam ein AUF zwischen die Schulterblätter, und ein Ausrufungszeichen. – Mein Vater sah sich sein Werk eine Weile lang an. »Was meinst du?« sagte er schließlich zum Maler, der erst jetzt hochblickte, las, nickte. »Super. – Echt gut.« Beide prusteten los wie die Schulbuben. – Wir brachen sofort auf. Vorne ging Baul, dann Dora, hinter ihr Beder, ich, schließlich Cia. Als ich mich nach ihr umwandte, lächelte sie zurück. Die bemalte Höhle war leer; wer sorgte für Fee, wenn wir weg waren? – Immer in jener Einerkolonne, zu der wir verurteilt waren, gingen wir durch hohes Gras bis zum Jagdgrundrand, von dem aus wir auf die Erde sprangen, noch bevor sie uns ganz nahe gekommen war. – Ich konnte nicht anders, ich riß beim Sprung die Augen auf und sah ins Nichts. – Ging dann zwischen Eisbrocken; sprang über Wächten; rutschte Schneehänge hinunter. Gletscherspalten. Die erstarrte Gestalt an der Schreibmaschine blieb zu weit weg, als daß ich hätte erkennen können, wer sie war und was sie geschrieben hatte.

Bald waren wir im Heidekraut, wanderten einer furchigen Jeepspur entlang (über uns graue Wolken), bis wir zum Hafen kamen, einem Dorf aus farbigen Wellblechhäusern, wo der Dampfer ablegebereit an der Mole wartete. Hupen und Tuten. – Wir hatten kein Geld, hockten mit zugepreßten Augen zwischen Fischkisten. Ich hörte das Meer nur, kotzen mußte ich trotzdem. Hörte auch ein zartes Gekotz hinter mir, Cia? – An Land fuhren wir mit D-Zügen (in die Intercitys trauten wir uns nicht), besetzten jeweils ein ganzes Abteil und spielten die Dummen. Trotzdem setzten uns alle Schaffner an der nächsten Station an die Luft, so daß wir unendlich viele leere Bahnsteige in weiten Ebenen kennenlernten; jenseits der Geleise jeweils kleine Backsteinbahnhöfe, aus denen uns die Vorsteher beobachteten. – Zuweilen regnete es. – In der Stadt gingen wir zu unserm Haus. Natürlich wohnten andere Leute drin. Im Laden, Herr Marthaler, lugte durch die Glastür, und als Dora einen Schritt auf ihn zumachte, drehte er den Schlüssel und verschwand fast rennend hinter seinen Schachteln. – Wir gingen durch die Straßen (kein Aufsehen, niemand las uns), schliefen dann im Gewächshaus des botanischen Gartens. Über uns Kolibris. – Am nächsten Morgen sangen wir in einer Fußgängerzone (diese Wörter! Ich hatte sie vergessen!), rasselten dazu mit Tamburins, wir waren ja schließlich Indianer. – Die Leute hingen an unsern Lippen; im Rücken niemand. – Am meisten Aufsehen erregten Cia und Dora, so sehr, daß wir an den Wühltischen eines Kaufhauses landeten und Hemden suchten; gerade noch rechtzeitig kam uns in den Sinn, daß das unsre Botschaft verfälscht hätte. – Wir wollten noch ein bißchen weitersingen, bekamen aber Streit mit einer andern Indiogruppe. Baul verlor einen Zahn, und Beder schlug einem ein Auge blau. – Wir gingen zum Bahnhof zurück. Auch die Rückfahrt war nicht friedlich, wie auch, aber schon nach drei Tagen waren wir auf unserm Schiff.

Ich muß vielleicht noch anfügen, daß im botanischen Garten meine Sehnsucht in Erfüllung ging, oder vielleicht ging, jedenfalls lagen wir alle fünf in der gottgewollten Reihenfolge im Dunkeln und atmeten wie Schlafende, als ich plötzlich eine Hand zwischen meinen Beinen spürte. – Cia! – Wir umarmten uns ganz langsam, bewegten uns wie Mondschatten, explodierten endlich nach innen. – Unsre Körper außen fast ohne eine Regung. – Am nächsten Morgen lag Dora neben mir, und Cia stand am Unkenteich und wusch sich. Dora rappelte sich ächzend auf und band sich den Bastrock um. – Ja, was nun? – Ich pflückte zwei Tropenblumen und steckte sie den Frauen ins Haar, beiden.

Im Eis bergauf wählten wir diesmal eine andere Spur, hangelten uns die Brüche hinauf, über trittlose Platten, ungeborene Lawinen, und standen plötzlich vor dem eingeschneiten Erstarrten, der vor der Schreibmaschine saß, eiszapfenbehangen. Ich hob die Kapuze hoch: Emil. – Ich hatte es ja gewußt. – Sein Gesicht war blau, schreckverzerrt, die Augen aufgerissen. Ein Finger auf einer Taste festgefroren, auf dem Ausrufungszeichen. Ich wischte den Schnee von der Walze und las ein einziges Wort: HILFE. – So einfach hatte ich es mir nicht vorgestellt; irgend ein Mehr erwartete ich sogar jetzt noch. – Ich stand neben ihm und dachte etwas oder nichts, dann wachte ich auf und sah weit über mir meine Freunde, am Jagdgrundrand beinah schon. Hastete bergauf. Als ich Cia erreichte, sprang Baul schon. Dann die andern, und auch ich erreichte das rettende Ufer und bekam von meinem Vater einen Trainerschlag auf die Schultern. Au. – Der Maler war auch da und hatte die Tuba und eine Art Akkordeon bei sich, aus dem aber keine Töne kamen, sondern farbige Dampfwolken, die über unsern Schädeln Heiligenringe bildeten. – Viele waren zu unserm Empfang gekommen, auch Kinder. Ich fiel Männern und Frauen um den Hals, auch jener, die so groß war, daß meine Nase zwischen ihren Brüsten steckte. – Plötzlich ein Geschrei. Entsetzensrufe, wie ich sie noch nie gehört hatte. Ich wandte mich um und sah auf der davontreibenden Erde Fee stehen, ganz allein, Fee. Wie war sie da hinübergekommen? Zwischen ihr und uns schon viele Meter breit das Nichts; Nebelschwaden von unten her. Dora, ihre Mama, mit flehenden Armen zu ihr hin. – Dann weiß ich nicht mehr, wie es ging, ich rannte jedenfalls plötzlich, flog und hing mit zappelnden Beinen am Erdrand. Eine Hand hatte ich an einem Stein, der im Eis knirschte, die andere an einem Schneezapfen. – Ich krabbelte hoch. – Sehr schnell trieben wir auseinander. Im Nebel verschwanden die Indianer. – Einmal, durch ein Wolkenloch, sah ich nochmals Dora. Cia? Meinen Vater? Hörte ich die Tuba? – Ich nahm Fees Hand und ging in meiner Spur von eben. Aber bald rannte Fee voraus, warf Schneebälle, rutschte Abhänge hinunter. Ich klemmte mir Emils Schreibmaschine unter den Arm. – In der Heide aßen wir Blaubeeren. Während

Fee schmatzte (das ganze Gesicht verschmiert), holte ich mein Heft aus der Hose. – Zuletzt hatte ich mein Baumhaus beschrieben; diese Gegenwart war nun auch schon wieder eine Vergangenheit. – Wie hätte ich ahnen können, daß die Zeit einen solchen Ruck machen würde. – Ich riß die hintersten Seiten aus dem Heft, anders paßten sie nicht in die Maschine. Aber der Wagen war festgerostet, und die Typen klemmten. Ich warf sie in ein Schlammloch. – Später trug ich Fee auf den Schultern. Sie hielt meine Ohren wie Zügel und kreischte vor Vergnügen. Im Hafen ein Essen nur aus Heringen. Auf dem Schiff standen wir an der Reling und sahen den Wellen entgegen, die aus dem Horizont wuchsen, auf uns zurasten und an der Schiffswand zerschäumten.